KB074629

학곡리 364-2번지

사람의 자리란 무엇인가

학곡리 364-2번지

허태수 지음

호메로스

프
롤
로
그

학곡리 364-2번지. 내가 42년 동
안 목회를 한 곳이다. 사실 한곳에서 목회를 하는 것도 쉽지는
않다. 복이라면 복일 수도 있는 일. 반세기를 이곳에서 보냈으니
할 말이 없을 수는 없다. 참으로 많은 일들이 있었다. 그동안의
출판했던 몇 권의 책들 중에서 여러 꼭지를 가려 한데로 모았다.
책 제목도 이렇게 짓게 되었다. 학곡리 364-2번지. 말로만 들어
도 그냥 흐뭇해지는 공간이다.

책을 내는 데 있어서도 그리 많은 생각은 하지 않았다. 그저
내가 쓰는 몇 줄의 글이 사람들을 행복하게 해줬으면. 그것밖에
는 달리 바라는 게 없다. 소소한 일상. 그런 것으로 뭐, 사람들을
기쁘게 해줄 수 있을까. 그것도 지극히 나의 개인적인 일로 말이
다. 행복이란 게 별거 아니지 않는가. 내가 겪은 별스럽지 않은
일들로 공감을 할 수 있다면 말이다.

그것들을 나누고 싶어서 다시 묶게 되었다. 그동안 내 책을 읽었던 분들. 그분들과 다시 만날 수 있으면 한다. 반갑게 인사를 나누고 싶다. 몇 개 더 새로운 이야기도 덧붙이긴 했지만. 나를 기억하는 독자들과 또 새롭게 만나게 될 독자들. 사람은 이렇게 만나며 사는 것이다.

아침에 눈을 떠 한바퀴 휘 돌면 청명해진다. 정신이 맑아진다. 늘 보던 하늘, 늘 보던 나무, 그리고 사람들. 그러한데 깨끗해진다. 아주 익숙한 이것들이 나를 더 새롭게 한다. 생각을 새롭게 하고 삶을 새롭게 한다. 다가오는 사람이든 사물이든 모든 게 행복이다. 싫지가 않다. 그저 아무 맥없이 좋기만 하다. 이게 가장 중요한 게 아닐까.

봄날, 학곡리에서 허태수

차
례

결혼은 밥을 짓는 일과 같다

결혼은 밥을 짓는 일과 같습니다. 밥을 지으려면 불을 때서 물을 데우고 쌀알을 익혀야 합니다. 이때 물과 불은 상극인 동시에 상생입니다. 불은 물로 끕니다. 그리고 물은 불로 끓입니다. 마치 남자와 여자의 대립적인 관계와 같습니다. 이 대립적인 관계의 남녀가 결혼을 하게 되면 밥을 짓는 불과 물처럼 상생의 관계로 역전합니다.

이제 밥이 솥 안에서 끓습니다. 김이 솟구쳐 오릅니다. 이 솟구쳐 오르는 힘을 솥뚜껑이 제어합니다. 이때의 김과 솥뚜껑도 대립 관계처럼 보입니다. 그렇지만 김과 솥뚜껑이 꼭 대립하고 있는 것만은 아닙니다. 만약 김이 솟구칠 때 솥뚜껑이 그걸 억누르지 않고 그저 헤벌려 뚜껑을 벗어던지면 어떻게 됩니까? 쌀알

학곡리 364-2번지

이 제대로 익지 않아 밥이 되지 않습니다. 그걸 설었다고 하지요. 김과 솥뚜껑의 역학 관계가 제대로 이루어질 때 비로소 밥이 되는 법입니다.

밥을 지을 줄 모르는 사람들은 김이 솟구칠 때 자주 솥뚜껑을 엽니다. 그러면 영락없이 선밥이 됩니다. 자주 열어도 안 되고 무턱대고 솥뚜껑을 눌러 놓아도 안 됩니다.

밥은 끓어오르는 김이 있어야 하고, 그 김을 누르는 솥뚜껑이 있어야 합니다. 이 둘은 대립 관계처럼 보이지만 실상은 상호 보완적이며 의존적인 관계입니다. 상극의 관계처럼 보이지만 상생의 사이입니다.

결혼도 이와 다르지 않습니다. 서로 다른 성의 두 젊은이가, 다른 문화와 사회적인 배경에서 자랐습니다. 성격도 취미도 똑같지 않고, 생각과 습관도 다릅니다. 이 둘을 조화시켜 생명이 되는 밥을 지어 가는 행위임으로 밥 짓는 일과 다르지 않습니다.

그러나 불과 물, 김과 솥뚜껑의 상호 조화만으로 밥이 다 되지는 않습니다. 쌀알이 익었다고 해도 뜸이 들어야 합니다. 이것은 불과 물이, 김과 솥뚜껑이 서로에게 자신을 조금씩 내어 주는 행위입니다. 상극을 관용으로 변환시키는 시간의 여백이지요.

서로가 서로에게 져 주는 것입니다. 이게 바로 뜸입니다. 이래야 제대로 된 밥이 지어지고, 이런 밥이라야 양식이 됩니다.

결혼은 다른 양태의 두 사람이 상극적인 관계로 만나 상생을 도모하는 일입니다. 그러므로 불이 물을 인정하듯이 나와 다른 상대방을 인정해야 합니다. 김이 솥뚜껑을 받아들이듯이 서로를 받아들여야 합니다. 그런 다음 밥에 뜸을 들이는 것처럼, 김치를 발효시켜 삭히는 것처럼 서로가 서로를 용납하는 공동의 시간 속에 머물러야 합니다.

결혼을 한다고 두 사람이 똑같아지지 않습니다. 그것 때문에 대립하지 말고 상대방을 인정하고 받아들이세요. 그리고 시간을 가지고 기다리세요. 그렇게 삶이 익고 뜸이 들어야 살 만합니다. 그래도 불은 늘 불이고 물은 늘 물입니다. 김은 항상 김이고 솥뚜껑은 항상 솥뚜껑입니다. 더 이상 대립하고 상극하지 않습니다. 상생 속에서 조화를 부리게 됩니다. 이것이 결혼이 가져다 주는 행복이요, 기쁨입니다. 결혼은 밥을 짓는 일과 같다는 것을 뼛속 깊이 새겨 두세요.

패배하지 않는 삶

"인간은 패배하도록 창조되지 않았다."

상어와 사투를 벌이는 노인의 간절한 외침. 그 노인은 몇 달 동안 물고기를 잡지 못하고 있었습니다. 산티아고. 그날그날 끼니를 때우기도 어려운 가난하고 외로운 노인. 그의 편은 어린 소년 마놀린 하나뿐 아무도 그를 가까이하려 하지 않지요. 늘 바다로 고기를 잡으러 가지만 한 마리도 잡지 못합니다. 항구의 주민들이 비웃으며 말합니다.

"그 노인네, 더는 물고기를 못 잡을 거야. 어디 늙어서 고기를 끌어올릴 힘이나 있겠어?"

노인은 이런 말 따위는 아랑곳하지 않고 바다로 갑니다. 이후로도 무려 84일 동안 그는 빈 배로 돌아옵니다. 이것을 헤밍웨이는 '살라오'라고 하지요. 스페인 말로 액운이 단단히 끼었다는 뜻입니다. 완전한 패배를 의미합니다.

85일째 되는 날이었습니다. 노인은 마놀린과 함께 작은 고깃배를 띄우고 혼자서 먼 바다로 나가죠. 점심 때쯤 엄청난 대어가 낚시에 걸립니다. 어선보다도 60센티나 더 큰 고기였습니다. 잡아 올리기에는 너무 벅찼습니다. 해 저문 9월의 추운 바다. 고기에 끌려가지 않으려고 산티아고는 사력을 다합니다. 결국 쓰러지고 눈도 찢어지고 피를 흘립니다. 고기가 배를 끌고 갑니다.

이튿날이 되어도 고기의 힘은 줄어들지를 않습니다. 잡아 놓은 다랑어를 생으로 먹으며 노인은 기운을 냅니다. 바다는 해가 지고 달이 떠오릅니다. 고기 역시도 아무것도 먹지 못했는데도 노인의 고깃배를 끌고 갑니다. 꾸벅꾸벅 노인은 잠이 들고 꿈속에 사자들이 나타나기도 합니다.

사흘째 되던 날 해가 떠오릅니다. 노인은 지칠대로 지쳤어요. 해면 위로 튀어오르는 고기. 그 거대한 몸통이 보입니다. 고기의 옆구리에다 노인은 작살을 들이박습니다. 사방은 온통 피바다입니다. 꼬박 사흘간의 싸움 끝에 고기를 잡아 배에 갖다붙입니다. 전체 길이 5.5미터, 700킬로그램이 나가는 대물. 노인은 말할 수 없는 희열에 휩싸입니다.

희열도 잠깐, 돌아오는 길에 상어의 추격을 받습니다. 고기의 피 냄새를 맡은 거지요. 하나의 난관이 사라지자 또 다른 어려움이 닥친 것입니다. 처음에 노인은 상어를 격퇴하지만 자꾸만 그 수는 늘어갑니다. 밤에 되자 떼거지로 몰려오지요. 상어가 달려들 때마다 고기는 뭉텅이로 뜯겨 나갑니다. 살은 점점 사라져 가고요. 싸우고 또 싸웁니다. 누가 이기는가. 또 싸웁니다. 그때 그가 던진 말이 바로 "사람은 파멸당할 수는 있지만 패배하지는 않는다."입니다.

결국 그는 해안으로 돌아오는데 고기는 없고 앙상한 뼈만 남았습니다. 노, 작살… 남아 있던 장비들마저 상어 떼와 싸우는 과정에서 다 잃어버립니다. 노인은 녹초가 된 몸을 질질 끌고 오두막집으로 돌아옵니다. 물 한 잔을 따라 마십니다. 침대 위에 누워 깊이 잠이 들어버리죠. 사자가 다시 꿈에 나타납니다.

올레! 노인이 잡은 거대한 물고기! 헤밍웨이는 이것을 '올레!'라고 부릅니다. 스페인 사람들은 투우사가 검은 소의 목에 칼을 꽂고 완전한 승리를 거두었을 때 '올레!'라고 한답니다. 완전한 승리를 말하는 거지요. 그 어느 누구도 의식하지 않고 자신과 싸워 '나'를 인식하게 되는 그 순간의 짜릿함. 우리가 살아가는 이유. 그건 실패하지 않아서가 아니라 그때마다 다시 일어났기 때문입니다.

인생을 살다 보면 이 산티아고와 같은 일을 경험하는 때가 분명 오지요. 그때 절대 포기하지 않고 나 자신에게 '올레!'를 외칠 수 있게 만듭시다. 나를 향해 멋진 감탄사를 외칩시다. 신은 절대 넘을 수 없는 산을 인간에게 주지 않았다고 합니다. 넘을 수 없을 거라는 막연한 두려움을 버립시다. 이 보잘것없는 노인과 같은 거대한 포부를 갖자고요. 인생이라는 거대한 고기와 싸워 이겨 갑시다.

잡초처럼 살자

쓸데없이 큽니다. 생장 속도가 빠르고, 못생긴 데다 쓸모도 없지요. 꿀도 없으며, 야생적 가치도 없습니다. 숫자가 많고, 쉽게 번식하며, 맛이 없고, 가시가 많습니다. 잎이 금방 무성해지고, 재배하기가 까다롭습니다. 제초제에 내성이 강하며, 뿌리가 무성합니다. 무엇일까요?

요즘 사람들은 이것을 '잡초'라 하지 않고 '야생초'라고 부릅니다. 저절로 나서 잘 자란다고 해 '잡풀'이라고도 합니다. 잡초의 씨앗은 몇 년 내지 수십 년을 땅속 깊이 버티는 능력이 갖고 있어요. 근절은 불가능합니다. 제초 작업으로 사람들이 골머리를 썩는 이유이기도 하지요. 생물학적으로 해결 불가능한 문제일지도 모릅니다.

이 쓸모없는 풀. 그래서 사람들은 되도록 잡초들을 싹 죽여 버리고 그 자리에 희멀건 야채만 키워 먹어 왔습니다. 곡식이나 과일 등은 자신이 가진 영양소를 번식과 성장에 쓰지 않습니다. 씨앗이나 열매에 축적하여 맛있고 유용한 먹을거리를 제공하고 있지요.

이것이 오늘날의 농업이고 인간들의 생존 방식입니다. 지구상에는 35만여 종의 식물이 살고 있습니다. 그중에 인간이 먹는 것은 3천여 종가량 됩니다. 우리의 방식대로라면 34만 7천여 종은 모두 '잡초'가 되는 셈입니다. 하지만 우리는 잡초 때문에 삽니다.

어느 잡초들은 척박한 토양에 영양분을 공급하기 위해 뿌리를 땅속 깊이 내립니다. 미네랄을 끌어올리고 땅을 비옥하게 만들지요. 잡초는 공기 중에서 필요한 무기물질을 흡수해 토양으로 보냅니다. 그래서 토양 유실과 토양 침식을 막아 줍니다. 땅속 깊숙한 곳에서 영양 염류를 퍼 올리기도 하지요. 그런 역할을 하며 땅을 섬유화시켜서 표토층을 보호하기도 합니다.

미국 텍사스의 한 과수원에서는 잡초 때문에 힘들어지자 주변의 잡초를 아예 씨를 말려 버렸습니다. 그랬더니 극심한 토양 침식과 모래바람으로 몇 년치 농사를 완전히 망쳤다고 합니다. 그래서 지금도 그 근방에서는 과수 사이에 잡초를 멋대로 자라게 둔다고 합니다.

저명한 농학자 Leena Tripathi는 잡초를 모두 제거했을 때의 부작용에 대해서 말한 바가 있습니다. 잡초를 선호하는 병해충들이 농작물을 노릴 가능성이 증가한다는 겁니다. 수확 후에 토양이 침식할 가능성도 커지고요. 바이오메스도 감소하고 유용하게 쓸 수 있는 잡초의 유전자원도 줄어들 수 있다고 합니다. 이렇듯 우리는 잡초가 필요합니다.

우리가 필요하지 않다고 생각하는 것. 그것이 우리를 살게 해주는 경우는 많습니다. 살아가면서도 내가 생각하기에는 합당하지 않고, 옳지 않고, 없었으면 하는 모든 것들이 꼭 있어야 하는 것입니다. 그래야 내가 존재할 수 있는 것입니다. 그것들이 있어야 내가 더 빛날 수 있는 거지요. 우리 주위에는 이런 것들이 생각보다 아주 많이 존재하고 있답니다.

TV 화면에 36년 동안 취미 삼아 이 땅의 잡초만 골라 찍었다는 할아버지가 스치듯 지나갑니다. 노인은 말합니다.

"이제는 우리가 짓밟고 살아온 잡초를 살려내지 못하면 다

죽습니다. 그동안 우리는 1%의 희멀건 야채를 얻기 위해 99%의
잡초를 모질게 죽이며 살았어요. 지금 우리를 골병들게 하는 것
들입니다."

노인이 지어낸 그 책은 〈잡초〉처럼 사람들의 눈과 마음 밖
에 있었습니다. 내 친구는 그 책을 찾느라고 방송국에 신문사에
엄청나게 전화를 했답니다. 마침내 고생 고생 끝에 책 있는 곳을
알아냈지요. 그 〈잡초〉가 지금 근엄하게 책상에 앉아 있습니다.
잡풀 값 치고는 근세 이래 최고가인 36만 원짜리로 말입니다.

봄

나는 매주 월요일에 산에 오릅니다. 춘천엔 언제나 마음만 먹으면 갈 수 있는 산들이 많지요. 같은 산을 여러 차례 가지만 지루하다거나 답답하게 여긴 적은 단 한 번도 없어요. 오늘도 춘천을 빙 둘러싼 눈 덮인 대룡산을 다섯 시간이나 걸었습니다. 하얗게 새 옷을 갈아입는 자작나무와 깊은 만남이 있었습니다.

자작나무 껍질은 백화수피白樺樹皮라고 합니다. 경주 황남동 천마총에서 발견된 부장품에 나옵니다. 종이같이 희기에 그림을 그렸다고 합니다. 그 그림이 기마인물도騎馬人物圖지요. 신라의 회화 연구에 중요한 자료가 됩니다. 꼭 내 키만큼의 높이로 겉껍질이 벗겨져 하얗게 줄지어 서 있는 나무들. 아랫도리를 하얗게 드러낸 자작나무의 그것은 봄을 맞는, 세상을 보려는 자발적인 의식 같았습니다.

그 자작나무가 아니더라도 만물은 지금 창문을 열었습니다. 3월이기 때문입니다. 햇빛이 들지 않아도 바람은 이미 녹색의 향내를 품고 있습니다. 응달진 어느 산골짜기에 차가운 얼음이 남아 있다고 해서 아무도 그것을 보고 한탄하지 않지요. 뜨락에 심어 놓은 목련이 조금 더디 꽃망울을 열어도 근심하지 않습니다. 손바닥을 펼치면 햇병아리 잔 솜털 같은 3월의 감촉이 피부에 와 닿는 것을 느낄 수 있습니다. 그러니까 3월은, 까닭 없이 믿음을 키우고 염려 없이 사는 달이기도 합니다.

봄은, 지금 움직이고 있습니다. 그 어떤 세속의 덫으로도 잡거나 가둘 수 없지요. 이름지을 수 없는 표정과 몸짓은 완료형의 글로는 기술되지 않아요. 종지부나 쉼표를 찍을 수 없는 영원한 현재형의 문장과도 같습니다. 악한 것도 선한 것도 아닌, 그 무엇입니다. 단지 눈을 뜨는 순간 속에 있습니다. 봄은 움직이고 있지만 뛰지는 않습니다. 뛰는 세상인데, 매우 빠르게 뛰어야 살아남는데 봄은 뛰지 않아요. 뛰는 것만이 존재하는 것은 아니라고 말합니다. 뛰지 말고 눈을 떠 보라고 얘기하고 있어요.

본다는 말은 그 자체가 〈봄〉입니다. 물끄러미 보거나(Look), 의지를 가지고 보거나(See), 그냥 보거나(見), 눈 위에 손을 얹고 자세히 보거나(看), 마음으로 보거나(觀), 눈으로 보거나(視) 뛰지 말고 보라고 합니다. 그렇게 사물을 향해 눈을 뜰 때, 새롭게 눈을 뜰 때, 봄입니다.

3월에는 죽어 있던 대지가 어떻게 생기를 되찾는가를 배우고 싶습니다. 얼었던 연못이 풀려 개구리들이 울면 따라 울고 싶습니다. 많은 새와 짐승들처럼 생명력 있게 움직이고 싶습니다. 한 포기의 풀이 저 광활한 자연의 혈맥에 맞닿듯 나 또한 그렇게 싹을 틔워 내고 싶습니다. 하얀 목련처럼 삶의 언저리를 향기로 그득 채우고 싶습니다.

보고 싶지 않은 것, 무의미한 것, 추악한 것. 그런 것들과 마주치면 우리는 눈을 감습니다. 다른 방향으로 돌려 버립니다. 적어도 우리가 무엇을 본다는 것은, 우리가 그것을 선택했다는 것이며 그 가치를 찾아낸다는 것이지요. 그렇기 때문에 겨울은 눈을 감아 버린 세계입니다. 봄의 산하는 바로 우리가 눈을 뜨고 보는 세계입니다. 우리가 보지 않는다면 모든 사물은 부재不在하는 것입니다. 보려는 것, 보기를 원하는 것, 보고자 노력하는 것.

그래서 내 안에 숨어 있는 하나님과 나를 결합시키는 것. 그것이 〈봄〉입니다.

이제 3월이고 봄입니다. 눈을 뜨는 3월인 것입니다. 꽃들을 보고 강과 구름을 보세요. 새들이 날아가는 남쪽 나뭇가지들을 보세요. 보고 또 보세요. 창을 열 듯이 눈을 열고 보세요. 당신의 시선이 가 닿는 곳마다 봄은 더욱더 그 열기로 뜨거워질 겁니다. 꽃들의 채색은 더욱 짙어지고 새의 날갯짓은 더욱 튼튼해질 겁니다. 그렇습니다. 꽃만 보고 봄이 왔다고 말하지 마세요. 당신이 그것을 볼 때까지는 아직 봄이 왔다고 말하지 마세요. 창문을 열 듯이 눈을 열어 보세요.

"네게 무엇을 해주기를 바라느냐?"

"보기를 원합니다."

보지 못하는 그에게 눈을 열어 준 자. 당신도 이렇듯 한 송이 아름다운 꽃의 빛깔이 되기를 바랍니다. 그 아름다운 빛깔로 꼭 보아야 합니다. 창문을 열 듯이 눈을 열고 꼭 보셔야만 합니다.

가위 바위 보

　　가위 바위 보. 우리가 평소 흔히 하
는 게임입니다. 중국에서부터 시작됐다는 이 가위 바위 보. 별거
아닌 이 게임에 기막힌 하늘의 숨결이 숨어 있습니다. 둘 이상
동시에 가위 바위 보를 외치고, 동시에 특정한 모양의 손을 내밀
어 승부를 결정짓는 게임. 가위는 보를 자르고, 보는 바위를 감
싸고, 바위는 가위를 칩니다. 물론 같은 것을 내거나 세 개가 모
두 나오면 계속해서 반복을 해야겠지요. 둘이 만나면 어느 한쪽
이 기울어지게 되지만, 셋에서는 결코 최상과 최하가 있지 않습
니다. 돌고 돌지요. 어느 쪽도 원망하지 않는 공평의 행위입니
다. 언제든지 처지가 바뀔 가능성을 가지고 있으므로 스스로 잘
났다고 나설 수도 없습니다. 가위 바위 보는 규칙이 간단하고 공

평합니다. 쉽고 빠르지요. 누구든지 납득할 수 있습니다. 그래서 많은 사람들이 의사를 결정할 때 자주 사용하지요.

어린아이들은 곧잘 무엇을 나누거나 정할 때 이 방법을 씁니다. 그들의 방법을 보세요. 길게 시비하지 않습니다. 원망도 없습니다. 나타난 결과에 대해 승복합니다. 깨끗하기만 합니다. 그래서 아이들은 늘 머리를 맞대고 모여 있으나 건강합니다. 늘 밝고 환하며 어느 것에도 불평이 없습니다.

어른들은 결코 이 방법으로 하지 않습니다. 시비가 잦고, 원망이 깊습니다. 쉽게 승복하는 깨끗함이 없습니다. 말이 많습니다. 늘 다툼이 생기고 시비가 잦아집니다. 잘났다고 싸웁니다. 가위 바위 보의 게임보다는 더 복잡하고 다른 무언가를 추구합니다. 그걸로 상황을 따지려고 합니다. 가위와 바위, 바위와 보자기 같이 죽기 아니면 살기로 대들기 때문에 건강하지 못하지요.

1박 2일에서도 보세요. 가위 바위 보의 천재 강호동. 늘 적당히 잘 끊어서 생각한 끝에 승률을 자랑하지요. 그런 그가 바보인 김종민 앞에서는 맥을 못 춥니다. 왜냐하면 다른 멤버들과는 달리 그의 생각을 읽을 수 없기 때문입니다. 이렇듯 아무 생각 없이 자연스럽게 행동을 취해야만 이길 수 있는 게임입니다.

미국 플로리다 템파시에서 로펌 간에 자존심 싸움이 일어났습니다. 재판장에서 가위 바위 보로 진술 장소를 정하게 하는 사건이 벌어지고야 말았지요. 2018년 펌피럽 게임에서도 계속해서 무승부가 나오자 이 방법을 이용했다고 합니다. 두산 베어스 홈런 타자 양석환의 세리머니가 가위 바위 보라는 것을 알고 있는지요. 그는 홈런을 치고 베이스를 돌면서 주루 코치와 가위 바위 보를 하는 세리머니는 보이곤 했습니다. 2022년 월드컵은 유독 이 가위 바위 보 구조가 많이 나온 대회이기도 했지요.

순리대로 이루어지는 게임. 가위 바위 보. 우리도 이렇게 살아가는 것이 맞는 듯싶습니다. 억지로 무언가를 자꾸 얻어 내려 하지 맙시다. 하다 보면 자연스럽게, 돌아오게 됩니다. 그게 진정 나의 것이라면요. 억지를 부리지 맙시다. 가위 바위 보를 하듯 순응하며 살아갑시다. 어떻게 되어도 인정하자고요. 내가 질 때도 있고 이길 때도 있지 않습니까. 지면 상대가 이겨서, 이기면 내가 좋아서. 이렇게 살아가자고요. 더는 욕심 내지 말자고요.

젓가락의 운명

　　　　　　　　　롤랑 바르트라는 사람이 있었습니다. 그는 서양 사람들이 사용하는 포크를 동물의 발톱이라고 했습니다. 포크와 나이프는 고기를 찢기 위해서라는 것이에요. 흔히 고기를 썬다고 하는데 그건 점잖은 표현입니다. 사실은 찢어발기는 거지요. 표범의 날카로운 발톱이 고기를 찢는 것을 상상해 보세요. 고깃덩어리가 찢겨질 때 그 순간 식욕의 불꽃이 타지 않습니까? 찢어 먹기 위해, 식욕을 돋우기 위해서 그들은 포크와 나이프를 쓰는 거죠.

　젓가락은 그렇지 않습니다. 그것은 결코 찢기 위한 것이 아니라 차라리 쪼는 것에 가깝습니다. 새가 모이를 쪼아 먹는 것과 같다고 말한 사람도 롤랑 바르트입니다. 젓가락은 새의 부리와 같은 겁니다. 젓가락질에서는 식욕의 불꽃이 절대 일어나지 않지요.

포크는 달랑 한 개만으로도 모든 해체를 가능케 합니다. 하지만 젓가락은 한 개로는 그 구실을 하지 못합니다. 젓가락은 짝을 이루어 융합에 나섭니다. 젓가락은 갈라져 있는 것들, 따로 외롭게 떨어져 있는 것들을 짝지어 주는 문화입니다. 잔칫날, 생일날, 국수를 먹는 뜻이 이겁니다. 젓가락은 사랑의 이미지입니다. 가지런하다든가, 열렸다는 표현들은 남녀가 짝을 짓는 상징성을 가지고 있죠.

북한에서는 사이시옷을 사용하지 않으므로 저가락이라고 한답니다. 젓가락의 어근은 저箸로, 젓가락 저 자입니다. 가락은 그저 여러 갈래로 갈라지는 것을 뜻하는 단어이지요. 인류의 30%가 포크를 사용하고 역시 30%가 젓가락을 사용한다고 합니다. 나머지는 말 그대로 맨손으로 먹는 사람들인 거지요.

젓가락은 두 개를 사용해야 하는 물건입니다. 콩이나 쌀 같은 것을 옮기는 일은 정말 집중력을 요하는 일이 아닐 수 없어요. 삶은 메추리알, 묵, 두부, 콩자반 등 젓가락으로 집기에 어려운 반찬들이 참 많지요. 한국의 젓가락은 특히 쇠젓가락이기에 더 정교한 기술이 필요합니다. 외국인들은 이 기술이 너무 힘들어 젓가락 한 짝만으로 푹 찍어서 먹는 경우도 종종 볼 수 있습니다.

이렇게 어려운 젓가락. 앞서 말한 대로 따듯한 이미지만 있는 것은 아닙니다. 젓가락은 무기로도 쓰일 수 있는 물건이지요. 일상생활 중 가장 맞추기 쉬운 흉기 중 하나이지요. 그래서 몽골에서는 젓가락을 절대 사람 방향으로 놓지 못하게 했다고 합니다. 일본에서도 젓가락 끝부분을 사람 방향으로 두면 상대를 공격하는 의미로 받아들였다고 하지요. 그래서 젓가락을 가로로 둔다고 합니다. 젓가락은 내구성이 뛰어나서 투척술을 제대로 익힌 사람은 나무판자도 뚫어버리는 데 충분히 사용할 수가 있다고 합니다. 소설가 이외수 씨는 젓가락 던지기에 능하다는 풍문도 전해져 오지요.

인생은 이렇듯 젓가락과 같지 않을까요. 남녀가 짝을 이루어 하나로 이어지는 상징을 지니는 반면 악한 흉기로도 이용될 수 있는 것. 삶이란 이렇듯 이래저래 양면성을 지니고 있습니다.

시금치가 만드는 세상

집 앞마당에다 쓰레기를 내놓기 시작하더니 어느새 쓰레기장이 되어버렸습니다. 미혼자 장교 숙소가 있는 곳. 밤새 그들이 쏟아내는 쓰레기는 양도 양이려니와 그 종류도 다양합니다. 분리해서 내놓지 않아서 대낮에도 고양이가 들끓고 있지요.

"이 쓰레기들아!"

대놓고 비아냥거리고 싶어집니다. 쓰레기 봉지를 던지고 출근하는 그 장교들을 보고 경멸의 눈짓을 보내기도 합니다. 그러다가 마음을 바꿔 먹기로 합니다. 다음과 같은 글을 읽었기 때문입니다.

이곳에 쓰레기를 버리는 자는 고발 조치함!

참다못한 집주인이 이런 팻말을 세운 것입니다. 철조망을 두른 집 앞 공터에 동네 사람들은 온갖 쓰레기를 던졌습니다. 몇 번은 돈을 들여 쓰레기를 치웠지만 더는 참을 수 없었습니다. 효과가 있는 듯하더니 얼마 못 가 공터는 다시 쓰레기로 가득 찼습니다. 집주인은 이 동네 사람들이 형편없는 수준이라고 욕을 했습니다.

그러던 어느 날 시골에서 아버지가 상경을 했습니다. 아들의 불평을 들은 노인은 다음날 아침 빈터로 조용히 나갔습니다. 철조망을 조근조근 다 걷어냈습니다. 삽과 괭이로 빈터를 땀 흘려 파헤치고 돌을 골라냈습니다. 무엇인가 정성껏 심었습니다. 매일 아침, 저녁으로 밭에다 물을 줬습니다.

며칠 뒤 촉촉한 비가 내렸습니다. 빈터 밭에는 파란 새싹이 솟아났습니다. 시금치였습니다. 더는 쓰레기는 없었습니다. 쓰레기로 난무하던 그 장소에 파란 시금치가 환하게 웃고 있었습니다. 그 누구도 그곳에 더 이상은 쓰레기를 버릴 수 없게끔 말입니다. 수많은 말보다 한마디의 식물이 무수한 언어를 쏟아내고 있었습니다.

살아가면서 우리는 많은 종류의 쓰레기들을 만납니다. 그때마다 그에 맞는 경고를 해대기도 합니다. 하지만 모든 게 무용지물이라는 걸 바로 깨닫게 되지요. 어떤 종류의 말보다 한 웅큼의 실천이 더 많은 말을 하는 경우가 있습니다. 그런 말을 하는 사람이 되어 사는 건 어떨런지요. 무시무시한 경고. 그 경고 대신 한바탕 시금치의 언어로 파랗게 물들여 보는 건 어떻겠습니까.

"필요하신 분은 조금씩 뜯어 가십시오!"

호미와 낫의 삶

문맹자를 보고 낫 놓고 기역자도 모른다고 하지요. 낫 모양이 한글의 첫 글자인 ㄱ자처럼 생겼기 때문에 그런 속담이 생겨난 것인데요. 낫은 날카로운 칼날을 지니고 있지만, 사람을 공격하는 무기가 될 수는 없습니다. 그 모양이 ㄱ자처럼 구부러져 있기 때문입니다. 낫을 잘못 휘두르다가는 상대방이 아니라 오히려 자신의 정강이나 손가락을 베기가 쉽습니다. 생김새만 안으로 구부러진 것이 아니라 그 칼날 역시 안쪽으로 나 있어서 남을 공격하기에는 적당치 않습니다.

이에 비해 유목민적인 전통의 서구 사회는 농기구 날이 밖으로 서 있는 게 많습니다. 생김새도 창처럼 꼿꼿하게 생겼지요. 우리의 농기구는 무기로서의 기능을 철저하게 배제하는 데서부터 출발합니다. 칼이나 창의 끝을 구부리고 밖으로 선 날을 안으로 세우지요. 그러면 비로소 농부의 연장이 생겨나게 되는 것입니다.

농기구를 사용하는 것을 보더라도 서양과 동양은 사뭇 다릅니다. 서양 사람들은 보통 칼을 쓰듯이 안에서 밖으로 내밉니다. 그에 반해 한국인들은 거꾸로 밖에서 안으로 잡아당깁니다. 톱질을 하는 것을 놓고 비교해 보면 금세 알 수 있죠. 괭이, 고무래, 각지, 그리고 특히 호미가 그렇습니다.

자기 가슴으로 향해 있는 칼날. 그것이 바로 낫의 특성을 강조한 호미입니다. 쇠로 만들어진 호미는 날, 슴베, 자루로 구성이 됩니다. 날은 풀을 뽑거나 땅을 파는 데 쓰이지요. 슴베는 날과 자루를 연결해 주는 부분이에요. 자루는 손잡이고요. 날의 형태는 대개 역삼각형입니다. 아래 부분은 뾰족하고 위쪽은 넓적합니다. 북으로 갈수록 자루와 호미 날이 길고 넓다고 합니다. 논 호미와 밭 호미가 있는데, 논 호미는 날 가운데가 볼록하고 밭 호미는 형태가 아주 다양하죠.

호미질은 세게 하면 자신의 발을 찍게 됩니다. 호미는 풀을 베는 낫처럼 파괴적인 일만 하는 게 아니라 흙을 북돋우는 일을 합니다. 뽑는 작업이든 북돋우는 일이든 호미는 뿌리의 근원을 향해 있는 날입니다. 안으로 구부러져 있는 호미의 형태는 지평선으로 확산해 가는 힘이 아니에요. 안으로, 뿌리로, 자기 자신으로 끝없이 응집해 들어오는 힘이지요. 이 원리를 잘 생각해 봐야 할 것입니다.

　잘산다는 것, 별거겠어요. 호미와 낫을 잘 쓰면 되는 것입니다. 그 원리를 잘 이용해 두루두루 사용하면 됩니다. 어느 누구에게도 해를 주지 않고 넉넉하게요.

손가락질은 그만하자고요

물고기 박사로 불리는 최기철 교수는 물고기에 대한 재미난 이야기를 책에 담았습니다. 이른바 '7:3에 관한 이야기'입니다. 한 무리의 물고기 떼를 관찰해 보면 물고기가 두 종류로 나뉜답니다. 모양은 다 같아 보여도 물고기들의 행동은 다 다릅니다. 착하고 얌전해 다른 물고기들과 잘 지내는 좋은 물고기. 자꾸만 다른 물고기를 쫓아다니며 괴롭히는 나쁜 물고기. 이 좋은 물고기와 나쁜 물고기의 비율이 7:3이랍니다. 즉 열 마리의 물고기 중 좋은 물고기는 일곱 마리 정도, 나쁜 물고기는 세 마리 정도라는 것입니다.

교수는 '해코지하려 드는 나쁜 물고기를 솎아 내면 일곱 마리가 아주 행복하게 살겠구나' 하는 생각에 세 마리의 나쁜 종자를 골라냈습니다.

어떻게 되었을까요?

착한 물고기만 남았으니 행복이 철철 넘쳐야 하지 않겠습니까. 그런데 어느새 남아 있는 일곱 마리 중에서 두 마리 정도, 그러니까 또다시 나쁜 짓을 하는 물고기가 7:3의 비율로 생겨났습니다. 어느 물고기 떼든지 착한 물고기와 그렇지 못한 물고기가 공존합니다. 성질이 좋지 않은 3이 그렇지 않은 7을 긴장시키고 생기가 돌게 하는 역할을 하는 것입니다.

그것은 비단 물고기가 사는 어항 속만의 일은 아닙니다. 사람들의 세상도 그렇습니다. 누구에게나 좋은 점과 나쁜 점은 섞여 있습니다. 내가 누군가를 만날 때 상대방의 어떤 점을 중심에 두고 바라보느냐가 중요합니다.

사랑하는 사람을 대할 때도 마찬가지입니다. 내가 저 사람의 무엇을 사랑하는가. 때로는 이해하지 못하는 경우가 발생하기도 합니다. 도저히 납득이 되지 않는 경우도 있지요. 그럴 때 사랑을 포기할 것인가. 우리는 생각합니다. 사랑의 힘으로 극복하려 들지요. 그 힘의 바탕에는 공정함이 깔려 있어야 할 것입니다. 무턱대고 '좋아하니까 이해하자'는 식은 오래 가지 못합니다.

저 사람의 좋은 점은, 나쁜 점은 무엇인가. 무엇을 배려하고 무엇을 독려해야 할 것인가. 상대에 대해 찬찬히 들여다볼 줄 알아야 할 것입니다. 나쁜 물고기와 좋은 물고기가 섞여 있듯 사람에게는 그렇게 반반이 존재하니까요. 그 반반을 어떻게 나눌 것입니까? 나쁜 점으로 좋은 점을 덮을까요? 그러기보다는 그 나쁜 점을 세세하게 볼 줄 알아야 할 것입니다. 그 사람이 그렇게 될 수밖에 없는 사연. 왜 저렇게밖에 할 수 없는지. 그 깊은 심연을 보고 이해할 줄 알아야 할 것입니다.

깊은 이해가 필요합니다. 나쁜 점도 헤아릴 줄 아는 지혜가요. 누군가를 솎아 내야 하는 대상으로만 보고 있지는 않은지. 그래서 자꾸 손가락질만 하고 있지는 않은지. 그것은 불행의 시작일 것입니다. 나의 일처럼, 상대를 바라볼 줄 아는 혜안. 살아가면서 제일 필요한 일이지 싶습니다.

무지가 주는 아픔

타고르는 매우 게으른 사람이었습니다. 집 안에 하인이 없으면 아무런 일도 하지 못했지요. 어느 날 날마다 아침 일찍 오는 하인이 지각을 했습니다. 한 시간이 지나도 하인이 나타나지 않자 그는 매우 화가 났습니다. 하인에게 무슨 벌을 줘야 할까 생각하며 벼르고 있었습니다. 한 시간이 지나고, 두 시간, 세 시간이 지나도 하인이 나타나지 않았습니다. 타고르는 하인에게 벌을 줄 게 아니라 해고를 시켜야겠다고 마음을 먹게 됐습니다.

아침나절이 다 지나가고 한낮이 됐을 때야 하인이 나타났습니다. 그런데 하인은 아무 말 없이 어떤 일도 없었던 것처럼 천연덕스럽게 일을 시작하는 것이었습니다. 주인의 옷을 가져다주고, 밥을 준비하고, 방 안 청소를 했습니다.

하인의 모습을 보고 있던 타고르는 화가 머리 꼭대기까지 올라 버려 소리를 질렀습니다.

"당장 그만두고 나가!"

하지만 그 하인은 여전히 비질을 계속했습니다. 더 화가 난 타고르는 하인의 뺨을 내리치고 당장 나가라고 소리를 질렀습니다. 하인은 바닥에 팽개쳐진 빗자루를 다시 들고 이렇게 이야기했습니다.

"제 어린 딸애가 어제 저녁에 죽었습니다…"

타고르는 사람의 악함이 무지에서 올 수 있음을 깨달았습니다.

세상에서 가장 큰 죄가 무지라고 합니다. 예수님을 죽인 유대인들도 몰라서 그랬습니다. 예수님이 메시아인 줄 알았다면, 4천 년 동안 그토록 기다린 사람이란 걸 알았다면 그랬을까요. 몰라서 그런 것입니다.

우리는 종종 살면서 경험합니다. 몰라서 너무나 어처구니없는 경우를요. 그 순간을 생각하면 참으로 하염없지요. 그러니 알아야 합니다. 알기 위해서는 배워야 하겠지요. 배우려고 노력해야 하겠지요.

그 배움의 시작은 비우는 데서 출발합니다. 자기가 모른다는 것을 정확하게 시인해야지요. 몰라야 알 것이 아닙니까. 모른다는 것을 정정당당하게 인정하고 배우자고요. 인생은 그렇게 시작했습니다. 엄마 뱃속에서 나올 때부터 우리는 배웠습니다.

우리가 모르고 있는 것들을 헤아려 봅시다. 무엇을 더 배워야 하는지 곰곰이 생각해 봅시다. 그러면 타고르 같은 실수는 하지 않겠지요. 상대방의 상처를 건드리며 아프게 하는 짓은요. 그러면 세상은 더 아름다워질 수 있을 것입니다.

천상병을 기억하며

내가 천상병 시인을 알게 된 것은 그의 친구인 소남자 김재섭 선생 덕분입니다. 그는 천상병 시인과 함께 《신작품》 동인이었습니다. 1954년 3월에 발행된 신작품 제7집에 「비창지대」와 「형상」이라는 선생님의 시 두 편과 천상병 시인의 「다음」이라는 시가 함께 실렸습니다.

나는 병치레 끝에 늦게 신학교를 들어갔습니다. 긴 병원 생활은 일상적인 대열에서의 이탈을 의미했습니다. 이탈은 두려움과 열등감을 가져왔죠. 그것을 극복하려는 자구책이 종교였던 것 같습니다. 그러나 그곳도 나를 품어 주지는 못했습니다. 신의 냄새가 너무나 작위적이었기 때문입니다. 1학년 1학기가 끝나갈 즈음 나는 하루 종일 도서관에서 잡지를 뒤적이며 지냈습니다.

그러다가 《샘이 깊은 물》이라는 잡지를 통해 소남자 선생을 알게 됐죠. 「단군신화 신 연구」라는 글이었는데, 세상에 가슴 뛰는 일이 그렇게 일어나는 줄 그때 처음 알았습니다.

신학교에서 하나님이 아닌 사람, 김재섭 선생의 글이 내 심장을 뛰게 만들었습니다. 그 즉시 나는 출판사에 전화를 해서 소남자 선생의 주소를 알아냈죠. 전남 장성군 북이면 신평리. 거기에 그가 살고 있었습니다. 농사꾼이라고 했습니다. 나는 지체하지 않고 호남선 기차를 탔습니다.

소남자 선생은 그때 인사동 〈개마 서원〉 등에서 김해 김씨 족보며 단군신화의 새로운 해석, 산해경 풀이 등을 하고 계셨습니다. 장성의 농사일은 아예 늙은 부모와 아내에게 맡겨 놓고 인사동에서 사셨죠. 김재섭을 비롯한 그곳에 계신 분들은 〈귀천〉을 연락처로 삼고 살았습니다. 사람 좋은 누님 손국수 사장님이 작은방 하나를 김재섭 선생에게 내주셨습니다. 한 1년을 그렇게 사셨죠.

그 시절 인사동 풍경은 지금과 달라서 조금은 한유하고 고적했습니다. 〈귀천〉에 가면 채현국 선생, 박이엽 선생, 민병산 선

생, 송건호 선생, 성유보 선생, 성내운 선생, 천승세 선생, 박재
삼 선생 등이 늘 계셨습니다. 날이 저물어 어름어름 해가 지면
뒷짐을 진 민병산 선생의 뒤를 따라 줄레줄레 무리를 지어 밥집
에 갔습니다. 찻집에도 가고, 술집에도 들르곤 했지요. 물론 나
는 소남자 선생 덕에 말없이 맨 뒤 꽁지에 붙어 묻어가곤 했습니
다. 아마도 그때가 세상에서 제일 행복한 시절이 아니었나 싶습
니다. 짐작컨대 그 시절 이후에 인사동의 큰 가슴과 그 따뜻함은
사라지고 말았습니다.

내가 천상병 시인을 알게 된 내력입니다. 천상병 시인은 내
게 "허 군도 시를 좀 써 보지"라고 말하곤 하셨습니다. 나는 그때
품격 높은 어른들 틈에서 사람의 냄새에 취해 사는 것이 더 즐거
웠습니다. 시 따윈 보이지도 않았죠. 세상과 일탈된 분들과의 만
남은 종교가 해결하지 못한 나의 열등감을 극복하게 해주었습니
다. '시'라는 하나의 길을 갈 이유가 없었죠. 모두들 시인은 아니
어도 시처럼 사는 분들이었습니다.

인사동은 꼭 세상 사람들을 따라서 살지 않아도 얼마든지 잘
사는 법이 있다는 것을 가르쳐 주었습니다. 인사동을 어슬렁거

리는 누구든 큰 스승이었습니다. 그렇게 나는 인사동에 푹 빠져 살았지요. 4~5년을요. 차츰 정치가 안정이 되고 한겨레신문도 창간이 되었습니다. 해직되었던 선생들도 다시 제자리를 찾아가고 있었지요. 그즈음 나도 다시 신학교로 돌아가게 되었습니다. 나는 내 존재의 변화를 신학교에서, 신의 품에서 맛본 게 아니었습니다. 사람들 속에서, 인사동에서, 사람의 품을 통해 경험했습니다. 그리고 장가를 들고 춘천에 자리를 잡았죠. 다들 그렇게 자기 자리를 찾아 떠날 때 나도 인사동을 떠났습니다.

내가 춘천에서 맡고 있던 교회에 유성윤이라는 시인이 계셨습니다. 인사동의 향수가 그리운 나는 자연스럽게 춘천의 멋스러운 사람들과도 친하게 되었죠. 그중에 한 분이 당시 춘천 의료원장(지금은 강원대학 부속병원)이셨던 정원석 박사입니다. 유성윤 시인을 통해서 만나게 되었죠.

아동문학을 하시는 그 정 박사님은 보신탕을 좋아하셨습니다. 유성윤 시인과 정 박사 그리고 나, 이렇게 셋이서 어느 여름날 보신탕집에서 이런저런 이야기를 나누었습니다. 그러다가 정 박사의 친구가 천상병 시인이라는 것을 알게 되었습니다. 대학 다닐 때 친구였는데 근 수십 년째 만나지 못하고 계셨습니다. 그 이후로 나는 자주 인사동의 근황(주로 천상병 시인)을 정 박사에게 실어 날랐죠. 그때마다 그는 마치 친구를 만난 듯이 나를 반겨 주셨습니다. 이게 또 다른 인연과 변화를 예감하는 일인 줄 그때는 알지 못했습니다. 생각해 보면 인생사는 이렇게 준비되어 있는 일들을 따라 사는 게 아닌가 싶기도 해요.

305호실. 천상병 시인이 춘천 의료원에 입원했습니다. 88년 1월 7일의 추운 겨울이었죠. 광래 형과 목 여사는 춘천 추위에 오돌오돌 떨고 있었습니다. 정나미 떨어지는 병실에 갇혀 있게 된 겁니다. 때때로 해림 씨가 목 여사와 역할을 바꾸며 고단하게 서울을 오가고 있었습니다. 나는 저녁마다 다섯 살, 세 살 난 딸 은실이와 밝음이, 아내와 같이 병실로 놀러 가곤 했습니다. 망가진 녹음기처럼 같은 이야기를 되풀이하는 게 신기해선지 애들은 저녁마다 할아버지가 계신 병원엘 가자고 졸랐습니다.

시인도 아이들을 좋아하셨습니다. 그런데 문제가 생겼습니다. 유치원에 다니던 딸들은 가끔 빨간색 운동복을 입고 등원하기도 했는데, 그 옷차림 그대로 병실에 간 날이었습니다. 그때 시인은 아이들에게 "나가!"라고 소리를 쳤습니다. "빨갱이 색!"이라고 외쳐댔습니다. 나도 아내도 영문을 모른 채 멍하니 서 있었죠. 아이들은 어깨가 들썩이도록 소리를 내며 울었습니다. 당연히 그날 이후 딸아이들은 시인이 있는 병실에 가는 것을 싫어했죠. 시인은 왜 그렇게 빨간색을 싫어하셨을까요.

배에 물이 가득 차서 숨을 헐떡이시던 어느 날이었습니다. 나는 목 여사와 시인의 장례를 걱정했습니다. 시인의 친구이신 정 박사님도 그렇게 하는 게 좋겠다고 했지요. 장사할 준비를 하는 게 좋겠다고 말해 주셨습니다. 날도 추운데 어떻게 서울까지 가겠느냐고 춘천에 시인의 무덤을 짓자고 말씀을 드렸습니다. 그러자 하셨죠. 그러던 분이, 꽁꽁 언 땅이 조금 녹는 날 돌아가시면 좋겠다고 기도하는 중이었는데 엉뚱하게도 살아나셨습니다. 뱀처럼 온몸의 꺼풀을 한 번 벗은 다음에 그는 가뿐하게 살아서 서울로 가셨습니다!

그는 퇴원해서 가시면서도 처음 입원하던 날 내가 갖다 드린 국방색 군용 담요를 가져가셨습니다. 시인은 그 군인용 B급 담요를 좋아하셨다고 합니다. 허 목사 주지 말고 집에 가지고 가자고 말씀하셨답니다. 퇴원 후 목 여사님은 "지금도 그 담요만 덮고 주무신다"고 하셨습니다. 가끔씩 천상병 시인을 만난 적은 없지만 그의 시를 좋아한다는 이들이 내게 묻습니다.

"천상병 시인은 어떤 분이셨어요?"

감히 내가 천상병 시인을 어떤 분이라고 말할 수는 없지요. 그렇지만 곧 대답하게 됩니다. "빨간색은 싫어하고 군인 담요는 좋아하셨던 시인!"이라고 말입니다.

나는 여전히 이곳에 있습니다. 17년 전 그가 잠시 머물며 허물을 벗던 춘천에서 목사 노릇을 하고 있습니다. 이제는 시인의 친구인 정 박사님도 춘천을 떠나셨습니다. 가끔씩 들르는 인사동은 옛 정취가 사라진 지 오래입니다. 사람으로 사는 기쁨이 무엇인지 큰 몸짓으로 교훈하시던 어른들은 저세상 사람들이 되셨지요. 내게 시를 좀 써 보라고 권하는 이는 없지만, 여전히 나는 그때 그 시절의 느낌으로 살고 있습니다. 아니, 그때 얻었던 삶의 자양분으로 목사 노릇을 하고 있다고 해도 틀리지 않을 것입니다.

기필코 돌아간 사람

평양시 동대원구역 신흥2동 63반. 6.25 이전 그가 인민 해방을 위해 남쪽으로 남파되기 이전의 주소입니다. 그는 내내 독방에 갇혀 38년을 살았습니다. 이름은 안영기. 이른바 미전향 장기수였지요. 김대중 정부가 그들을 풀어놓아 고향으로 돌아가게 되었을 때였습니다. 북으로 떠나기 전에 남한 땅 여기저기 둘러나 보겠다고 춘천에 들렀었죠. 그와 사흘을 같이 지냈습니다. 그가 떠나던 날 자신의 평양 주소를 적어주면서 놀러 오라고 했습니다. 여비나 하시라고 얼마를 손에 쥐어 드렸더니 대뜸 이런 말을 합니다.

"허 목사님, 세상이 다시 더러워지면 오늘 목사님이 내게 준 이 돈이 북조선 노동당 당비가 된다는 거 아시죠?"

학곡리 364-2번지

나와 몇 사람은 깔깔대고 웃다가 말했습니다.

"이제 우리가 38년 동안 전향하지 않은 악질 남파 간첩과 사흘을 함께 지내고 당비도 냈으니 우리도 어엿한 노동당원이야."

우리는 어깨동무를 하고 동무, 동무, 하며 즐거워했습니다.

그는 한순간도 고향으로 돌아가는 것을 의심하지 않았습니다. 그날을 위해 쇠젓가락을 갈아 침을 만들어 자기 몸을 찌르고 또 찌르면서 침술을 익혔습니다. 스스로 자신의 몸을 지켜야 했기 때문입니다. 하루에 네 시간씩 요가를 하며 허물어져 가는 투쟁의 날을 세웠습니다. 기필코 돌아가서 김일성 수령에게 못 다한 충성을 바치기 위해 독어와 영어, 프랑스어를 감방에서 능란하게 익혔습니다. 늙은 몸으로 그 길밖에 더 있겠느냐 싶어서였습니다.

'기필코 돌아간다'는 희망 때문에 그의 몸은 청년처럼 단단했고 의지는 강철 같았습니다. 눈은 기대와 설렘으로 활활 불타고 있었죠. 그와 같이 지낸 사흘 만에 나는 그에게 매료되었습니다. 자고로 정신을 가지고 사는 삶이 어떤 건지 어슴푸레 알 것 같았습니다. 그리고 그는 북으로 돌아갔습니다. 북한은 그에게 최상의 대우를 해주었죠. 조국통일상과 노동당원증을 수여했습니다. 아파트를 비롯해 생활에 필요한 모든 물품을 공급해 주고 있지요. 북한에서도 이들의 공을 높이 치하하고 있습니다.

엊그제 평양엘 가는 친구에게 '평양시 동대원구역 신흥2동 63반 안영기'를 적어 줬습니다. 잘살고 계시는지, 그 유창한 외국어는 어떻게 써먹고 계신지, 모든 게 다 궁금했습니다. 내 친구가 그의 소식을 알아낼 수 있을까요. 혹 나쁜 소식을 가져온다 해도 괜찮습니다. '기필코 돌아감'을 가르쳐 준 그 하나의 교훈만으로도 그는 내게 큰 가르침을 선물했습니다.

그는 그가 추구하는 것에 신념을 갖고 인생을 걸었습니다. 그것이 얼마나 큰 것인가요. 비록 우리들과 다른 사고였지만 그 의지만큼은 정말 길이 남길 만한 것이었습니다. 존경할 만한 것이었어요. 배워야 할 것입니다.

나 또한 하나님을 향한 마음이 그리해야 한다고 생각합니다. 삶이 더욱 단단해야 할 것이고 의지는 강철 같아야 할 것입니다. 다시 오실 예수님에 대한 기다림이 이 가슴에 활활 불타올라야 할 것입니다. 그래서 꼭 나도 그처럼 만나야 할 것입니다. 이뤄야 할 것입니다. 하나님 나라에 '기필코 돌아가' 삼위체를 필히 만나야 할 것입니다.

죽음의 완성

지금 우리는 사순절 순례 길을 가고 있습니다. 나는 이맘때엔 꼭 예배당 앞을 감싸안은 산엘 오릅니다. 산이라고 하기는 뭐하지만, 그래도 처음엔 산이었습니다. 산의 생김생김이 말의 안장 같다고 해서 '안마산'이라고들 부릅니다. 얼마 전까지만 해도 이 산은 죽은 사람 외에는 가지 않는 산이었습니다. 죽은 사람을 마지막으로 떠나보내는 사람들과 죽은 사람을 잊지 못하는 이들이 가끔 찾는 일 외에는 관심을 끌지 못한 산이었지요. 사람들의 마음 밖으로 내던져 버려졌던 산입니다.

왜냐하면 안마산은 오래된 춘천시의 공동묘지이기 때문입니다. 들리는 말에 의하면 20만 기 정도의 주검이 묻혀 있다고들

합니다. 이 산엔 화장장이며 장례식장까지 갖춰져 있습니다.

24년째 목회를 하는 동안 내가 가장 아끼고, 가장 많이 오른 산을 꼽으라면 이 안마산일 겁니다. 전에는 낮에도 오르고 밤에도 올랐습니다. 사실 올랐다기보다는 사귀었죠. 명절 다음날, 망자들의 후손들이 제상에 놓아둔 밤이며 곶감, 배, 홍시, 오징어나 북어포를 망인들과 나누는 즐거움. 그건 안마산과의 사귐에서 생긴 큰 선물이었습니다.

이때 시장 경제를 읽는 것은 완전히 덤입니다. 경기가 나쁠 때는 이곳도 빈약합니다. 그러나 돈이 시중에 잘 풀릴 때는 제법 근사한, 비싸 보이는 제수품이 즐비하게 있습니다. 보름에는 달빛에 어른거리는 공포를 벗하며 오르고, 그믐에는 등골 서늘한 긴장감을 즐기며 올랐지요.

그렇게 걷고 오르는 일에 맛들인 동네 사람들이 새벽 운동 삼아 공동묘지를 배회하기 시작하더니 이제는 아예 운동장이 되어버렸습니다. 막 무덤에서 걸어 나온 듯한, 물기가 뚝뚝 떨어지는 사람들. 새벽 어둠 속에서 입마개를 하고 두셋씩 말없이 걷는 것을 보면 구분이 잘 안 갑니다. 아래 마을에서 올라온 사람인지, 아니면 굴뚝 없는 집에서 나온, 오래전에 산으로 이주된 주민인지 분간이 가지 않습니다. 그래서 지금은 산이기보다는 살아 있는 사람들의 놀이터입니다.

3월의 마지막 주일인 오늘, 오후 예배를 마치고 무덤에 내리는 유난히 따스한 봄볕을 망자들과 나누어 쬐었습니다. 옹기종기 모여 있는 무덤들이 서로의 묘비명을 읽으며 인사를 건넬 것만 같기도 했지요. 이승에서는 대단했지만 이제는 지워져 가는 묘비명 속의 이름들. 이렇듯 누구나 죽음으로 나아갑니다.

'맥박, 그것은 제 무덤을 파는 삽질 소리'라고 어느 시인이 노래했듯이 우리는 죽음을 곁에 두고 살아갑니다. 삶이 죽음을 기르는 것인지도 모르지요. 그러니 죽음을 완성하면 삶이 끝나는 것입니다. 그래서 삶의 끝에 죽음이 오는 것이 아니라, 다 자란 죽음이 삶을 짊어지고 떠나는 것이라는 생각도 듭니다.

어떠셔요. 생은 이렇게 삶과 죽음의 산을 배회하는 유령과 같은 겁니다. 이왕 죽을 거라면 흐느적거리며 살다가 죽지 말고, 삶으로 죽음을 길러서 다 자란 죽음이 삶을 짊어지고 떠나게 하면 어떨까요?

예수 그리스도야말로 삶으로 죽음을 키웠다고 말할 수 있습니다. 그런 생각으로 보니 그의 삶은 죽음을 키우기 위한 것이 맞아요. 누구도 막을 수 없을 만큼 죽음이 자랐을 때, 그 성숙해진 죽음으로 하여금 힘 있는 삶을 짊어지고 가게 했지요.

예수 십자가의 죽음은 바로 그 현장입니다. 죽음에 떠밀려 삶이 끝난 게 아니라, 삶으로 죽음을 키웠기 때문에 죽음이 그 앞에 굴복한 겁니다. 그게 부활이 아니고 뭐겠습니까?

어떻습니까? 사순절에, 사는 것에는 보탬에 되지 않을 거라고 여길 시립공동묘지에서 얻은 깨달음 치고는 쓸만하지 않습니까? 엊그제 교우들과 장기 기증 서약을 하면서도 해둔 생각이지만, 이제는 때 되어 죽는 죽음은 사절입니다. 예수처럼 힘 있는 삶으로 죽음을 키우고, 죽음이 다 자랐을 때 이제 네가 삶을 지고 가라고 명령하는 생이고 싶습니다. 그것이 십자가의 삶인 듯 싶어서 말입니다.

기적을 낳는 1%의 힘

랜스 암스트롱이라는 사이클 선수
가 있습니다. 그는 스물다섯 살에 치사율 50%라는 고환암에 걸
렸습니다. 그는 그 암을 극복하고 죽음의 레이스라 불리는 투르
드 프랑스 사이클 경주에서 일곱 번이나 우승을 했습니다. 탁월
한 심폐 능력, 유능한 감독, 팀 동료들의 헌신 등이 그 결과를 낳
게 했지요. 그보다 더 큰 것은 그의 철학 때문이었습니다. 1%의
희망만 있어도 달린다. 그 하찮은 가능성, 1%의 희망의 철학이
그를 승리자로 만든 것입니다.

혼다사의 창업자 혼다 소이치로는 "내가 한 일 중 99%는 실
패의 연속이었다. 성공은 단지 1%에 불과했다."라고 말합니다.
그 1%의 성공이 99%의 실패를 뒤집은 것이지요. 그는 '올해의

실패 왕'이라는 제도를 만들어 가장 많이 실패한 직원에게 100만 엔을 줬다고 합니다. 1%의 성공을 보는 눈을 갖게 하기 위해 99%의 실패를 장려한 것입니다. 결국 그 1%가 오늘날의 혼다사를 만든 것입니다.

발명왕 토머스 에디슨은 "천재는 1%의 영감과 99%의 노력의 산물"이라고 했다지요. 그는 1929년 82세에 쓴 일기에 이렇게 적었습니다.

최초의 영감이 좋지 않으면 아무리 노력해도 신통한 결과를 얻지 못한다. 무조건 노력만 하는 사람은 쓸데없이 에너지만 낭비한다.

1%의 영감이라는 방아쇠는 반드시 필요한 것입니다. 아무리 99%의 노력이 총알처럼 장전되었다고 해도요.

또 하나의 1%의 기적이 있습니다. 체중 302그램, 키 21.5센티미터. 2018년 1월 말 국내에서 가장 작은 아이가 태어났습니다. 아이가 건강하게 태어날 확률은 단 1% 미만이었지요. 엄마 뱃속에서 자란 지 6개월 만에 태어난 이사랑. 이 여자아이는 신

생아 집중 치료를 마치고 건강하게 퇴원했다고 합니다.

1킬로그램 미만의 몸무게로 태어나는 미숙아들은 호흡계, 신경계, 위장계, 면역계 등 신체 모든 장기가 미성숙한 상태입니다. 살아날 가능성이 희박하지요. 그럼에도 불구하고 모든 장기가 정상적으로 잘 성장했다고 합니다. 이것 역시 1%의 기적입니다. 당신의 손에 든 것이 단 1%밖에 되지 않을지라도 그것은 기적을 이룰 수 있습니다.

오래전 영국에서는 국가의 허락을 받지 않고 설교하는 자는 무조건 처벌을 받는다며 신앙을 제한한 때가 있었습니다. 그런데 한 젊은이가 이 법을 어겨 12년 동안 감옥에서 지내야 했습니다. 그 긴 세월 동안 앞을 보지 못하는 그의 아내는 거지처럼 구걸하다가 죽었습니다. 그의 세 자녀들은 졸지에 고아가 되어 생계를 스스로 책임져야 하는 처지가 되었습니다. 이러한 비참한 상황 속에서도 그 젊은이는 감옥에서 기도를 드렸습니다.

"하나님, 전 너무나 고통스럽습니다. 이런 제가 주를 위하여 할 수 있는 일이 있을까요? 만약 제가 하나님을 위해 할 수 있는 일이 있다면 저는 절망하지 않겠습니다."

이때 주님께서 그에게 물으셨습니다.

"네 손에 든 것이 무엇이냐?"

그가 대답합니다.

"펜입니다."

하나님이 그에게 말씀하셨습니다.

"그것으로 충분하니라."

그렇습니다. 그가 바로 『천로역정』을 쓴 존 번연John Bunyan
입니다. 없는 것으로 하나님의 역사를 이룬 게 아니라, 자신의
손에 가지고 있는 그 1%로 기적을 이룬 것입니다.

없는 것을 말하지 마세요. 하나님은 지금 내가 가지고 있는
것을 묻습니다.

"네 손에 있는 게 무어냐?"

그걸로 하나님은 기적을 만들어 당신의 뜻을 실현해 가십니
다. 내가 뭘 하는 게 아닙니다. 그냥 대답하세요. 손에 든 그것이
무엇인지. 그게 단 1%밖에 되지 않더라도, 그것으로 기적을 이
루고, 하나님의 뜻을 실현해 드립시다.

상처가 필요한 인생

노자는 세상의 출세와 부귀는 생각하지 않았습니다. 옻나무를 심어 옻 진을 내며 살고 있었죠. 그의 친구 혜시는 위나라에서 재상을 하고 있었습니다.

어느 날 노자와 혜시가 만났습니다. 혜시가 노자에게 물었죠.

"그래, 옻나무 재배는 잘되고 있는가?"

"잘되고 있다네. 난 옻나무로부터 많은 것을 배우고 있어."

"무얼 배우고 있나?"

"옻나무만큼 진한 체액을 내는 나무도 없지 않나? 그 체액으로 여러 종류의 제품들이 썩지 않도록 보존해 준다네. 아름다운 광택이 나도록 해주는 것이지. 참으로 귀한 체액이야. 그런데 그 체액은 그냥 흘러나오는 게 아니라네. 반드시 상처를 통해서 나온다네. 옻나무를 보면 알겠지만 온통 상처투성이야. 오래된 상처는 아물고 또 새로운 상처를 입혀 옻나무 체액을 얻어 낸다네. 자신의 상처를 통해 값진 것을 내는 것을 보면 참다운 인생을 생각할 수밖에 없네. 상처 없인 값진 체액이 나오지 않는 거야."

화학 도료가 많이 발달한 지금도 옻칠을 따라갈 만한 것은 없습니다. 삶을 통해 진한 체액을 내는 존재가 되어야 하지 않을까요?

삶의 상처라는 것이 내가 의도하지 않아도 주게 되는 경우가 있습니다. 대부분 그 상처를 받은 사람도 저 사람이 왜 저러는지 생각하지 않지요. 단지 자기 스스로를 보호하려고만 듭니다. 그러면서 자기도 모르게 다른 사람에게 또 상처 주는 일을 반복하게 되지요. 어떻게 보면 인생은 상처를 주고받는 게 아닐지 모르겠습니다.

내가 상처를 주든 받든, 그때 우리는 생각해 봐야 할 일입니다. 내가 왜 상처를 받았는가, 혹여 상처를 준 적은 없는가. 이런 생각으로 우리는 성장해 갈 것입니다. 되도록 그리하지 않도록 노력을 해야겠지요. 조금씩만 하다 보면 그리될 것입니다. 옻나무의 진액처럼, 상처 없이는 값진 체액이 나오지 않는 것처럼.

우리도 그런 상처들과 함께 커 갈 것입니다. 아프더라도 다독이며 다독여 주며 그렇게 인생을 헤쳐 나가야 할 것입니다.

상처가 없는 인생은 있을 수 없습니다. 그 상처를 얼마다 보듬느냐. 그 상처를 얼마나 볼 줄 아느냐. 그것이 관건일 것입니다. 상처 없이는 절대 쓸 만한 진액이 나오지 않을 테니까요.

날마다 새로운 센베이

센베이를 굽는 과자집 주인이 있었습니다. 그는 센베이 과자를 직접 구워서 팔았습니다. 손님들은 그 과자를 사려고 줄을 서서 기다렸습니다. 손의 움직임이 얼마나 매끄러운지. 과자 굽는 손길을 보고 있노라면 마치 무슨 마술을 보는 듯했습니다.

얼굴엔 항상 평온함이 가득했습니다. 온 몸짓은 자신감이 넘쳐나서 시무룩하던 이가 그 과자집에 들르면 금세 마음이 바뀔 정도였습니다. 그는 일하고 있다기보다는 아름다운 율동을 하고 있다는 느낌이 들었습니다. 탱탱한 그의 삶의 모습이 어디서부터 오는지 다들 궁금해 했습니다. 그는 곧잘 말하곤 했습니다.

"결코 어제와 같은 센베이는 굽지 않으려고 합니다."

하루하루 새 모습으로 살아서, 어제보다 달라진 자신의 모습을 센베이 속에 새겨 넣고 싶다는 말이었습니다. 그의 센베이 굽는 삶이 다른 사람들에게 힘을 주는 까닭은 무엇일까요? 그는 1년에 한두 번 이런 말도 들려주었습니다.

"오늘은 기도 드리고 싶은 센베이가 구워졌어요. 이런 센베이를 굽는 것은 1년에 한두 번밖에 없어요. 손님에게 팔기에는 너무 귀한, 하나님께 고이 바쳐서 제사 드리고 싶은 과자예요."

결코 어제와 같은 센베는 굽고 싶지 않다는 그.

우리는 매일 고만고만한 생을 살아가고 있습니다. 날마다 얼마나 새로워지려고 노력하고 있을까요. 매일 똑같은 일상을 되풀이하면서 과연 새로움을 찾을 수 있을까요? 생각해 봅시다. 내가 얼마나 날마다 새로워지려고 노력하는지, 이 센베이 과자를 굽는 사람처럼 얼마나 심혈을 기울이고 있는지. 저 작은 과자 하나를 굽는 데도 저런 도가 있는 사람은 다른 생에 있어서도 마찬가지일 것입니다. 어떤 삶이 문제가 아니고, 어떻게 사느냐가 문제일 것입니다.

내일 죽을 이에게 그토록 아까운 오늘이 당신에게 열립니다. 그 오늘을 정말 기똥차게 살아 봐야겠다 마음먹으세요. 아마도 조금은 달라질 것입니다. 새로워질 것입니다. 그러면 자연히 행복해질 것입니다. 신을 믿든 믿지 않든 자신에게 주어진 삶을 최선을 다해 산다는 것. 그것은 참으로 하늘을 공경하며 살아가는 참신앙인 것입니다. 그 인생은 진정으로 성공했다고 말할 수 있을 것입니다.

세덤과 성미

어머니나 할머니는 밥을 지어서 주
발에 담을 때면 식구 수보다 한 그릇 더 떠서 부뚜막에 묻어 놓
곤 하셨습니다. 집을 나갔다가 돌아올 식구가 있는 것도 아닌데
항상 그렇게 하셨습니다. 그렇게 하시는 모습이 되게나 경건하
기까지 했습니다. 어느 날인가 뭣 땜에 그렇게 하시느냐고 물었
더니, 행여나 낯선 손님이라도 들이닥칠 때를 위해서라고 말씀
하셨습니다. 낯선 손님이라. 그런 손님이 과연 1년 중 몇 번이나
올까요? 그런 날을 위해 이리 행합니다.

어린 마음에도 참 훌륭한 태도인 것 같아 퍽이나 자랑스러웠
습니다. 우리 어머니나 할머니만 그러는 줄 알았습니다. 그러나
그것은 우리네 어른들의 대부분이 살아가는 생활 인격이었습니

다. 궁핍하게 살았지만 마음은 넉넉한 백성들이었나 봅니다. 아무리 자신이 못 먹고 부족해도 그런 인정이 내재되어 있던 모습. 우리가 뽐낼 만한 가치입니다.

'세덤'이라고 말하는 그와 같은 풍습은 기독교인들이 하는 '성미'보다 더 폭넓은 의미를 가지고 있는 것 같습니다. 그렇게 살았던 조상들은 세덤이 누구를 위해 밥 한 그릇 나누어 주는 자선 행위라고는 생각지 않았을 것입니다. 생쌀 한 숟갈 떠내므로 신앙이 된다고도 믿지 않았을 것입니다. 순전히 스스로의 인간됨을 그렇게 나타냈을 것입니다. 하늘의 덕택에 살아가는 감사와 겸손을 그렇게 표현했을 것입니다.

누군가를 생각하는 여유. 나보다 남을 배려하는 마음. 세상을 바라보는 보다 폭넓은 시선. 세덤은 많은 것들을 말해 주고 있습니다. 우리가 자랑스러워할 만한 것이니 당연히 배워야 할 것입니다. 진짜 밥을 할 때 한 그릇을 더하는 게 아니라, 그런 마음으로 살아가야 할 것입니다. 누가 불현듯 들이닥쳐도 아무 짬 없이 그저 있는 그대로 내어줄 수 있는 자세. 그런 심성을 지니고 살아야 인생이 편해질 것입니다. 그런 마음에서야 진정한 삶의 가치가 풍길 테니까요.

세월이 많이 흘러서 살아가는 모습이 바뀌니 부뚜막에 누군가를 위해 밥을 묻어 두는 인간됨의 여유도 사라지고 있습니다. 성미 뜨는 일도 흐지부지해 갑니다. 지금 교회에 가도 성미가 쌓이는 것은 별로 본 적이 없는 것 같습니다. 그저 남아도는 쌀로 썩혀 술로나 만들까요.

세턱도 없고 성미도 줄어드는 요즘. 옛날의 그것들이 너무나 그리워집니다. 그 애틋한 마음만큼은 잊지 않고 길이길이 간직하며 훈훈하게 사는 우리가 되었으면 좋겠습니다.

웃

『삼국유사』를 읽노라면 신라시대
의 불교도들이 점찰법회占察法會를 열었다고 기록되어 있습니다.
뚱딴지같이 무슨 불교 이야기인가 하겠으나 끝까지 들어 보시지
요. 이 법회의 이야기는 이러합니다. 엄지손가락보다 굵은 나무
를 다섯 개 정도 만들어 반쪽씩 가릅니다. 그렇게 다섯 개를 갈
라놓으면 열 개의 나무쪽이 됩니다. 그러면 그 하나씩 갈라진 나
무 끝에 열 가지 악惡과 열 가지 선善을 기록합니다. 이것을 불교
에서는 십계十戒라고 하는데, 기독교의 십계와 유사합니다.

이렇게 열 개의 선한 것과 열 개의 악한 것이 적힌 열 쪽의 나
무토막을 손에 잡고 살며시 굴립니다. 그리고 나온 글자들을 보
면서 지난날 자신이 지은 잘잘못을 살피며 다시는 나쁜 짓을 하

지 않도록 다짐합니다.

이것을 다른 말로 '목윤상법木輪相法'이라고 불렀습니다. 줄여서 '윤'이라 했는데 차츰 '윷'으로 바뀝니다. 그러다가 그만 윷놀이가 되어버리고 만 거지요. 윷가락은 그 평평한 면을 배, 또는 앞이라고 부르지요. 둥근 면은 등, 또는 뒤라고 부릅니다. 배가 나오면 '까졌다'라고 하고, 등이 나오면 '엎어졌다'라고 하지요.

『동국세시기』에 전하길, 새해 첫날이나 섣달그믐날 윷을 던져 점을 쳐 보았다고 합니다. 도, 개, 걸, 윷, 모가 나오는데 윷 하고 모는 같은 걸로 쳤다고 하네요. 모두 64개의 점괘가 나오는데 운수에 대한 풀이말이 정해져 있다고 합니다.

불교인들이 했던 회개의 기도가 '윤'입니다. 결국 윷놀이의 본래 모습은 자기 내면을 닦아 가는 종교 행위나 마찬가지였던 거지요. 우리가 명절이 되면 흔히 갖고 노는 윷에 이렇게 큰 의미가 담겨 있습니다. 그 네 개의 가락을 던질 때마다 우리는 너무나 간절해집니다. 잘 나오길 원합니다. 그래서 이기길 원합니다. 이기면 너무나 행복하고 좋습니다. 이런 유희에 이런 회개의 기운이 깔려 있다는 것만으로도 심쿵합니다.

한 번 윷가락을 던질 때마다 나의 죄가 멀리멀리 사라져 가길 바랍니다. 한 번 윷가락을 던질 때마다 세상 시름이 도망쳐 주길 원합니다. 그래서 삶이 좀 더 넉넉해지고 사람이 좀 더 너그러워지기를.

윷으로 회개의 삶을 살았던 불교인들. 생활 속에서도 맘껏 죄를 쪼갤 줄 알았던 이들. 그들을 보면서 어쭙잖은 이 예수쟁이가 부끄러움을 느낍니다.

오늘 하루

고양이가 새끼를 낳았습니다. 새끼 고양이는 점점 자라서 저 혼자 설 수 있게 되었습니다. 어느 날 새끼 고양이가 어미 고양이에게 물었습니다.

"전 무얼 먹어야 하죠?"

"내가 가르쳐 주지 않아도 무엇을 먹어야 하는지는 사람이 가르쳐 줄 것이다. 걱정하지 말고 나가 보렴."

어미 고양이가 이렇게 대답했습니다. 새끼 고양이는 어미의 말을 믿고 조금도 주저함 없이 먹이를 찾으러 나갔습니다. 밤이 되어 새끼 고양이가 남의 집에 몰래 들어가 항아리 사이에 숨어 있었습니다. 그랬더니 그 집 사람들이 말을 하고 있었습니다.

"그 이면수나 고등어 같은 것은 뚜껑을 잘 닫아 두어야 해.

닭이나 병아리는 닭장에 잘 몰아넣고 망이 찢어지지나 않았나 잘 살펴보아라. 고양이가 덤비지 못하게 말이야.”

새끼 고양이는 이렇게 자라 갔습니다.

다석 유영모 선생님의 다석 강의에 오늘에 대한 이야기가 나옵니다.

“어제와 오늘과 내일은 따로 있는 것이 아니다. 오직 하루(오늘)만이 영원히 있는 것이다. 오늘의 ‘오’는 감탄사(!)이고, ‘늘~’은 언제나, 항상이란 뜻이다.”

오늘을 생각해 보세요. 내일 죽음을 맞는 자가 간절히 바라고 원하는 오늘. 우리는 오늘 하루를 어떻게 살아가고 있는 걸까요? 정말 내일 죽음을 맞는 자처럼 살아갈 수 있을까요? 그렇게도 소중한 오늘입니다.

사실 나에게 내일이 온다는 보장은 없습니다. 지금 당장, 아니 잠시 후라도 나란 존재는 어떻게 될지 모르는 일이지요. 아무도 모릅니다. 내가 가장 사랑하는 사람일지라도 내가 어떻게 될지는 모릅니다. 우리의 시간들. 한 치 앞도 볼 수 없는 인생. 지금 이 순간 소중하게 사는 것밖에는 방법이 없습니다.

나에게 주어진 오늘. 나에게 선물로 다가온 오늘. 얼마나 값집니까. 다시는 올 수 없는 이 오늘이라는 시간을 절대 그냥 놓아주지 마세요. 가장 소중한 애인처럼 그렇게 사랑하길 바랍니다. 그렇게 지내다 보면 당신은 어느새 행복해져 있을 것입니다. 나에게 주어진 시간을 소중하게 여기는 것만큼 인생의 소중한 지혜는 없습니다. 그 시간을 더욱 알차게 보내는 것만큼 값진 것은 없습니다.

머리를 깎는 목사

나는 80년 8월에 춘천시 고탄에
있는 사북성결교회로 목회를 나갔습니다. 목회라기보다는 차라
리 교회 구경에 가까운 일이었지요. 그야말로 아무것도 모른 채
교회에 부임을 했습니다. 내가 처음으로 발을 들여놓은 이 교회
는 내게 호된 경험을 안겨 주었습니다. 그것은 당시 그 교회에
다니던 서울신학대학 4학년 때문에 생긴 일이지요. 그는 내게 무
자격 전도인이므로 자기에게 강단을 맡기고 떠나라고 했습니다.
그는 예배 시간에 도끼를 들고 나타났습니다. 밤에는 내 숙소의
창호지 문을 낫으로 북북 그으며 위협했지요. 나는 그렇게 교회
구경을 나선 지 7개월여 만에 교회를 그만두었습니다.

그리고 성암교회에 82년 8월에 교육전도사로 부임을 했습니

다. 춘천 오는 기차 안에서 만난 어느 청년이 소개해 준 교회였지요. 그는 당시 성암교회 교육전도사였는데, 군대를 가게 되어서 그 자리가 빈다고 했습니다. 남춘천역에서 내려 곧바로 학곡리로 갔습니다. 담임 목사님(고인이 되신 송기창 목사)을 뵙고 바로 취직이 되었지요. 무더운 여름이었어요.

천신만고千辛萬苦. 나는 82년부터 93년까지 성암교회에서 일어난 10년 동안의 내외적인 삶의 부침을 이렇게 표현하고 싶습니다. 93년에 드디어 목사 안수를 받았습니다. 임택창 목사, 김태홍 목사, 최완택 목사가 내 안수 보좌 목사였습니다. 그때 목사 안수를 받을 즈음, 나는 남들과는 다른 목사가 되고 싶었습니다. 심지도 다르고, 삶도 다르고, 겉모습도 다르고 싶었습니다. 부침이 많았던 10년의 세월이 이미 남과는 다른 존재로 나를 만들어 놓았었죠. 달라야 한다! 그게 목사 안수를 받던 당시 내 마음에 밝혀진 등이었습니다.

나는 목사 안수를 받으면서 머리를 빡빡, 마치 스님처럼 깎고 싶었습니다. 목사가 되는 마당에 무당이 딛고 서는 칼날처럼 뭔가 시퍼런 각오를 다져야만 할 것 같았죠. 그러나 여러 사람들의 반대에 부딪혀 깎지를 못했습니다. 그러나 그때 그 마음은

20여 년이 지난 지금도 질경이처럼 살아서 파릇하게 돋아 있어요. 목사만 되면 교인들 숫자에 따라 봉고차에서 자가용으로, 작은 차에서 큰 차로 옮겨 가는 그 허세. 저는 그 얼룩진 창을 못내 깨뜨리고 싶었습니다.

목사로 산 지 어언 20여 년. 아직도 나는 머리를 깎고 싶은 유혹에 흔들립니다. 마치 그게 하늘의 명령처럼 느껴지기도 합니다. 지금 암이냐 아니냐를 놓고 나를 저울질 하고 있는 마당에 이런 일련의 일들이 참으로 어처구니없어 보일지도 모릅니다. 정작 중요한 건 내 목숨인데 말입니다. 하지만 암은 암이고 내 마음은 내 마음입니다.

언제가 됐든 머리를 깎아야겠다는 그 마음으로 남은 생도 살려고 합니다. 물질에 시뻘겋게 충혈이 되어버린 교회는 버립니다. 그저 묵묵히 나의 길을 갈 것입니다. 아무것도 바라지 않고 하늘이 주신 소명을 담담히 헤쳐 갈 것입니다.

서른 살의 철학

독일에 전해져 오는 이야기입니다. 하나님이 온 우주 만물을 창조해 놓으셨을 때 그것들의 수명은 똑같이 30년이었답니다. 물론 사람도 서른 살만 살면 죽게 되었더라는 것이지요. 이렇게 하나님이 정하고 나자 당나귀가 허겁지겁 달려왔습니다. 그리고는 간청하였습니다.

"아이고 하나님, 그렇게 오래 살면 저는 허리가 휘어지도록 더 많은 일을 해야 합니다. 그러니 줄여 주십시오."

하나님은 당나귀의 수명을 12년 깎아서 18년이 되게 했습니다.

이번엔 개가 달려와서 하나님께 매달렸습니다.

"저는 뛰어다니는 팔자인데 늙으면 뛸 수가 없어서 사람들에게 구박만 받습니다. 그러니 좀 깎아 주세요."

하나님은 개의 수명을 18년 깎아서 12년이 되게 해주셨습니다.

이번엔 원숭이가 달려왔습니다.

"저는 사람들을 웃기는 게 일인데 늙어서 웃길 수 없으니 깎아 주세요."

하나님은 원숭이도 10년으로 깎아 주었습니다.

마지막으로 사람이 왔는데, 그들은 골이 잔뜩 나 있었습니다.

"사람들에게 30년이란 너무 짧은 기간입니다. 과일나무를 심으면 열매도 따야 하고, 애들을 낳으면 시집 장가도 보내야 하는데…."

그래서 하나님은 당나귀가 반납한 12년, 개가 반납한 18년, 원숭이가 반납한 20년을 사람에게 보태 주었습니다.

수명이 늘어난 것까지는 좋습니다. 그런데 당나귀의 무거운 짐, 개의 헐레벌떡, 원숭이의 바보짓을 차례로 짊어지니 그게 '노년'이더라는 겁니다.

우리는 어떻게 살아야 하는 걸까요?

사실 당나귀만 허리가 휘어지게 일을 하는 것이 아닙니다. 사람도 가장으로서 그렇게 사는 경우가 있습니다. 가장이 아니라도 가장의 역할을 하는 누구든 그렇게 살지요. 당나귀가 반납한 12년이라는 시간보다 훨씬 더 긴 시간을 그렇게 살기도 합니다.

그리고 개처럼 뛰어다녀야 하는 일. 사람도 뛰어다녀야 합니다. 어느 때는 날아다니며 일을 해야 합니다. 개처럼 헐떡이며 숨 가쁘게 살아가야 합니다. 어느 때는 개만도 못하다는 생각이 듭니다. 어떤 사람은 자기가 다시 태어나면 튀르키예의 개로 태어나고 싶다고 하더라고요. 그만큼 그 나라의 개는 태평합니다. 아무 걱정 근심도 없이 맘껏 자고 누리며 삽니다. 어쩜 그렇게 팔자가 좋아 보일까요. 그런데 사람은 그렇지 못한 경우가 허다합니다.

원숭이를 보세요. 웃기는 일. 사람은 사람을 얼마나 웃길 수 있을까요. 상대방을 얼마나 웃게 만들 수 있습니까. 과연 인생을 살면서 웃음 짓게 만드는 시간이 얼마나 될까요. 원숭이도 웃기는 일이 힘들어서 더 살고 싶지 않다고 하는데, 원숭이만큼도 못 웃기는 게 사람이 아닐까 싶습니다.

이렇듯 동물들의 인생을 돌려받은 인간이 이들보다는 더 나은 삶을 살아야 하지 않을까요? 좀 더 낫게, 좀 더 떳떳하게, 좀 더 이상적으로. 보다 아름답게 살아가야 하지 않을까요? 그래서 우리네 인생이 부끄럽지 않았으면 합니다. 동물들에게도, 사람에게도, 신에게도 당당한 인생이 되었으면 합니다.

삼성하반월 三星下半月

하나님의 깊은 진리를 깨닫기 위하여 온 세상을 떠돌아다니던 한 구도자가 어느 마을에 다다르게 되었습니다. 그곳에는 깨달음이 깊어져서 하나님과 대화하며 살아가는 한 분이 계셨죠. 구도자는 설레는 마음으로 그에게 나아가 물었습니다.

"선생님, 이 세상 두루 다니며 깨달음을 얻고자 했으나 아직 그에 이르지 못했습니다. 오히려 잡념만 늘어나 어찌할 바를 모르겠습니다. 혹시 저에게 하나님을 만나는, 깨우침을 받을 만한 말씀이라도 해주실 수 있겠습니까?"

이 말에 선생은 고요하게 눈을 감은 채 이렇게 말했다.

"나도 별반 하나님의 오묘한 자리에까지는 나가지 못했습니다. 그렇지만 굳이 그 길을 말해 본다면 그저 삼성하반월三星下半月이란 말밖엔 드릴 것이 없습니다."

이 말에 구도자는 진리의 실마리를 찾았습니다.

삼성하반월이란 다름 아닌 마음 심心 자를 가리키는 말입니다. 글자 모양을 자세히 살펴보면, 위에는 별이 세 개 있고 그 밑에 받치는 것이 반달의 형상이 아닙니까.

실로 마음은 인간의 모든 것을 결정하는 가장 아름다운 뜰입니다. 이 마음의 정원을 따라 인간의 격이 결정되고 질을 구분할 수 있습니다. 환함과 어두움도 나눕니다. 성경에는 만물보다 거짓되고 부패한 것이 사람의 마음이라고 했습니다.

어떻게 인간의 마음이 한낱 만물보다 못하다는 말입니까. 마음을 잘못 먹었을 때 그러합니다. 잘만 하면 가장 아름다운 게 인간의 마음이지요. 인생의 모든 불협화음이 이 마음에서 비롯됩니다.

지금 이 순간도 보세요. 당신이 무슨 마음을 먹고 있는지. 좋습니까? 아니면 나쁩니까? 선한지 악한지 당신은 당신 마음을 볼 수 있을 것입니다. 그리고 그것을 조종하는 것은 당신의 생각입니다. 따라서 어떻게 생각하느냐에 따라 당신의 인생은 달라집니다. 아무리 어려운 상황에 놓여 있을지라도 극복할 수 있다는 강한 신념으로 대한다면 아무것도 아닌 게 인생입니다.

내가 어떻게 마음을 먹느냐에 따라 즐거울 수도 슬플 수도 있습니다. '사과가 하나 남아 있다면 하나나 남았네'가 됩시다. '하나밖에 안 남았네'가 아니라. 누군가 당신을 서럽게 한다면 누군가 당신을 행복하게 해주려고 이런 일이 생기나 보다, 하세요. 반드시 좋은 일이 일어날 것입니다.

보세요. 인생이 얼마나 변화무쌍합니까. 하루만 보아도 천 번 만 번 바뀌는 게 마음입니다. 그런 마음에 늘 붙들려 다닐 생각입니까? 그런 마음을 조종하며 살아야지요. 이 중요한 마음의 정원을 가꾸는 일이 바로 신앙이고 삶입니다. 이 마음 위에 진리가 덧입혀지는 것입니다. 당신의 마음의 뜰에 온갖 꽃이 만발하도록 만듭시다.

믿음이란 버릴 수 있는 힘

예배당 뒤뜰에 느티나무가 있습니다. 가을이 훌쩍 지났는데 아직도 떨어지지 않은 잎새가 꽤 많이 붙어 있습니다. 겨울바람에 달그락거리기도 하고, 스산한 날씨에도 떨어지지 않기에 바빠서 못 내려오는가 보다 생각했습니다.

엊그제 과수원을 하시는 안 권사님이 나무 밑을 지나시면서 대뜸 "거름기가 없구만!" 하셨습니다. 잎새를 모두 떨굴 힘이 모자라서 남아 있는 것이랍니다. 이렇게 나무가 잎새를 전부 떨구지 못하면 가지가 얼어 죽는답니다. 봄이 되어도 실한 새싹이 올라오지 못한다는 것이지요.

다 버려야 환상적인 봄의 새 옷을 입을 수 있다는 얘기입니다. 자연이라는 정원에서 듣게 되는 하나님의 말씀이지요. 여름

내 준비한 나무의 에너지는 결국 무엇을 끌어모아 두는 것에 목적이 있는 것이 아니었습니다. 아낌없이 버리는 준비를 해야 하는 것이었습니다.

지금 느티나무는 버릴 힘이 모자랍니다. 버려야 할 것을 붙들고 있다가 생명의 문턱에서 슬퍼질 수도 있습니다. 사람들이 열심히 일하고 재물을 모아 두는 것은 나무가 여름내 저장한 에너지에 해당되는 것입니다. 쓸 때 써야 합니다. 버릴 힘이 모자라 인색하거나 탐욕스러워진다면 새 봄의 기쁨을 맛볼 수 없습니다. 이것이 성서의 가르침이요, 자연의 훈계입니다.

우리는 흔히 말합니다. 비워라. 힘겹고 고통스러운 문제가 생기면 잘들 하는 말이지요. 하지만 이것이 말처럼 쉽지 않습니다. 말은 쉽게 하지만 정작 자신은 못합니다. 하고 싶어도 잘 안 되는 거지요. 거름기가 없어 느티나무가 잎을 떨구지 못하는 것처럼요.

인생에 거름기란 무엇일까요? 나름대로 내공이 아니겠습니까. 자기가 살아온 결과 얻게 된 힘. 그걸로 우리는 비울 수 있게 되는 것이니 참 아이러니하지요. 뭐가 있어야 비울 수 있다는 게 말입니다. 힘이 없으면 비우지도 못한다는 말이 됩니다. 가진 게 많아야 많이 비울 수도 있다는 말이 아닙니까. 여기서 가진 게 많다는 건 마음으로 가진 게 많다는 의미일 겁니다. 그래야만이 넉넉하게 버릴 수 있는 거지요. 마음이 조잡하면 절대 뭔가를 놓지 못합니다. 그러면 자꾸 갖게 되고 그러면 자꾸 문제가 생기지요. 가질수록 삶은 부대끼는 법입니다.

나무가 얼어죽을 수밖에 없는 이유. 봄이 되어도 새순을 싹 틔울 수 없는 이유. 그것입니다. 다 비워 내고 깨끗해져야만이 새로운 게 탄생할 수 있는 것입니다.

자기 자신을 믿으세요. 세상에 누구를 믿겠습니까. 나도 못 믿는데 남을 믿을 수 있겠습니까? 나를 믿는 버릇을 해야 남도 믿을 수 있고, 세상도 믿을 수 있는 것입니다. 믿음은 마음의 가장 소중한 자산입니다. 자신감입니다. 세상을 살아가는 원천입니다. 슬기롭게 극복할 수 있는 원동력입니다. 다시 말해, 믿음이란 자기 소유를 버릴 수 있는 힘입니다. 이 믿음이 있을 때 비로소 자신은 자유로워집니다. 다 버릴 수 있기에 그러합니다. 그러면 진정한 행복이 찾아올 것입니다.

공손수公孫樹

         사택의 벽에 바짝 붙어 있는 은행나무. 나는 이곳에서 한여름을 보냅니다. 냉장고처럼 시원하게 해주죠. 가을이 되면 교우들과 나눠 먹을 수 있게끔 주렁주렁 은행 알을 떨굽니다. 이러한 예배당 은행나무를 보면 늘 고마운 생각이 듭니다. 30년 전 예배당을 지으면서 심상건 장로님이 손가락 같은 걸 꽂았다는데 우리가 그 덕을 톡톡히 보고 있는 것입니다. 그래서 은행나무를 공손수公孫樹라 했다던가요?

    공公은 한문으로 너를 뜻하는 존댓말이고, 손孫은 손자孫子이며, 수樹는 나무입니다. 그러니까 이 말들을 죽 이어 보면 네 손자의 나무가 됩니다. 은행나무에 이런 이상한 이름이 붙게 된 것은, 성장이 더뎌 심은 뒤 30년은 자라야 열매가 맺기 때문이랍니다. 그러니까 할아버지가 심은 은행나무의 열매를 손자가 따는 까닭에 '네 손자의 나무'가 된 것이지요.

은행은 '은빛 살구'라는 뜻입니다. 그 씨가 살구와 비슷하며 표면이 은빛 나는 흰 가루로 덮여 있어서 붙여진 이름입니다. 은행나무 잎이 오리발과 닮았다고 해서 '압각수鴨脚樹'로 불리기도 하지요. 은행알은 '백과白果', '압각자鴨脚子'로 부르기도 하고요. 그 목재는 '행자목杏子木'이라고 합니다.

은행나무 알은 무거워서 멀리 날아가지를 못합니다. 악취가 심해 동물들이 옮기지도 못하지요. 대부분의 은행나무는 오래전부터 인간에 의해 심어진 것입니다.

30년 전에 남긴 신앙의 족적이 그대로 은행나무에 묻어 있는 것 같습니다. 그런 나무를 쳐다보면 더욱 가슴이 설레곤 합니다. 이만큼은 여유를 두고 살아야 합니다. 내가 꼭 이익을 얻어야 한다는 생각을 버리고 살아야 하는데, 그렇지 못할 때가 너무 많지요. 오늘, 우리가 지껄이고 움직인 모습의 결과가 수십 년 뒤에 우리의 후손들에게 나타난다는 것을 생각하면 퍼뜩 정신이 차려집니다. 세포들이 살아 움직입니다.

신앙, 그것은 깨어 있음입니다. 깨어 있다는 말은 30년, 아니 그 멀리까지를 생각하고 살아가는 삶이 아닐까요? 그렇지 않으면 곧 후회할 일이 닥칠 것입니다.

이 공손수는 새로운 예배당을 지을 때도 살려 두었습니다. 그러나 점점 그 뿌리가 주택의 밑을 파고 들어갔습니다. 집을 들썩거리게 하는 바람에 그만 잘려 나갔지요. 애석한 마음입니다. 옛날이야기가 된 그 공손수가 그리워지는 아침입니다. 봄이 왔나 하고, 굴뚝 모지에 갔다가 엄청나게 큰 밑둥이 여전하게 있는 것을 보니 눈물이 납니다.

나, 팝니다

          대만 오지에 '오봉'이라고 하는 선교사가 있었습니다. 그곳은 사람을 잡아 제사 드리는 풍습을 갖고 있었습니다. 그는 원주민들에게 생명을 창조하신 하나님에게 역행하는 일이니 그만두어야 한다고 설득했습니다. 하루는 저들이 오봉에게 와서 한 번만 전처럼 제사를 드리게 해 달라고 간청을 합니다. 이 요청에 오봉은 "내일 이 시간, 검은 의복을 입고 얼굴을 가리고 오는 사람이 있을 겁니다. 그 사람을 잡아서 제사를 드리세요."라고 말합니다. 그리고 그는 그들 곁을 떠나지요.

    그 다음날 정말 검은 의복을 입고 얼굴을 가린 사람이 그곳을 지나가고 있었습니다. 그들은 그를 몽둥이로 때려죽였습니다. 그리고 가린 얼굴을 벗겨 보니 바로 오봉이었습니다. 그 후로 그들은 사람을 잡아서 제사 드리는 것을 중단했습니다. 그들을 깨우치기 위해서 오봉은 산 제물이 된 것입니다.

서산에 사는 목사가 멸치를 팔러 왔습니다. 별 인연도 없는 그가 멸치 상자를 꾸역꾸역 내리고 있었습니다. 어떻게 해야 하나. 그러다가 곧 마음을 정했습니다. 하늘이 보낸 사람인데 기꺼이 하룻밤 모시겠다고요. 1만5천 원짜리 국물 내는 멸치 50상자도 받았습니다. 그는 저녁을 먹으면서 멸치 장사가 된 내력을 얘기했습니다.

시골에서 15년 목회를 하는데 교인이 스무 명을 넘어 본 적이 없답니다. 달라질 거 없는 시골 목사 생활은 하루하루 지루하기만 했답니다. 그런데다가 교회 자리로 길이 들어서면서 이사를 가야 할 형편이 되었다는 거죠. 보상받은 돈으로 땅을 구하면 그만이고 교회 지을 돈이 없더라는 것입니다. 교인들은 목사 눈치만 보고 있고요. 생각다 못한 목사는 멸치를 5천 상자 팔아 교인들을 놀래키자 생각했답니다. 목사가 고생해서 이만큼 내는데 자기들도 내겠지, 그렇게 건축 헌금을 짜야겠다고 생각했답니다.

그래서 지난 성탄절부터 봉고차에 수백 상자씩 멸치를 싣고 닥치는 대로 다니는 중에 어느 교회의 주보에서 오봉 선교사 이야길 읽었답니다. 그 후로부터 그는 마음을 바꿔 먹고 교인들 때문에 멸치를 팔지 않았답니다. 자기 스스로 산 제물이 되려고 멸치를 팔게 되었다는 거지요.

5천 상자만 팔려던 것이 1만 상자쯤 팔렸답니다. 한 상자를 팔면 5천 원이 남는답니다. 그는 아침 밥을 먹고 떠나면서 이렇게 말합니다.

"멸치와 함께 나 자신도 팔게 되었습니다. 산 제물로 바치게 되었지요."

맨발로 살기

어물전 개조개 한 마리가 움막 같은 몸 바깥으로 맨발을 내밀어 보이고 있다.

죽은 부처가 슬피 우는 제자를 위해 관 밖으로 잠깐 발을 내밀어 보이듯이 맨발을 내밀어 보이고 있다.

펄과 물 속에 오래 담겨 있어 부르튼 맨발

내가 조문하듯 그 맨발을 건드리자 개조개는

최초의 궁리인 듯 가장 오래하는 궁리인 듯 천천히 발을 거두어 갔다.

저 속도로 시간도 길도 흘러왔을 것이다

누군가를 만나러 가고 또 헤어져서는 저렇게 천천히 돌아왔을 것이다

늘 맨발이었을 것이다

사랑을 잃고서는 새가 부리를 가슴에 묻고 밤을 견디
듯이 맨발을 가슴에 묻고 슬픔을 견디었으리라
아-, 하고 집이 울 때
부르튼 맨발로 양식을 탁발하러 거리로 나왔을 것이다
맨발로 하루 종일 길거리에 나섰다가
가난의 냄새가 벌벌벌벌 풍기는 움막 같은 집으로 돌
아오면
아-, 하고 울던 것들이 배를 채워
저렇게 캄캄하게 울음도 멎었으리라

  − 문순태 「맨발」

시인과 문학평론가 115명이 2003년 한 해 동안 우리나라에
서 발표된 시 중에 어떤 시가 가장 아름다운지를 심사했는데, 그
중에 문순태의 「맨발」이 뽑혔답니다. 앞에 옮겨 놓은 것이 시의
전문全文입니다. 시인이 아닌 우리네로서는 아무리 읽어 봐도 무
엇이 그리 최고인지 알 수가 없지요.

대통령의 탄핵으로 백성들은 흥분하여 깃발을 찾아 모여들
고 있습니다. 백성들은 지금 정치 선동장에 모일 것을 강요받고

있습니다. 귄터 그라스의 소설 『양철북』에 나오는 그것처럼, 운동장의 북소리에 사람들은 정신을 팔고 삶을 내동댕이치고 있습니다. 선동가의 발 밑에서 둥~둥~ 북을 울리던 아이가 생각납니다. 아이의 북은 군중들의 혼몽한 구호와 함성을 붕괴시키고 춤과 생의 환희로 바꿨다고 적고 있습니다.

주인공 오스카는 부조리를 볼 때마다 양철북을 두드립니다. 그 소리는 너무나 날카로워서 유리창이 깨질 정도지요. 그는 단치히 소시민들이 추악해지면, 나치 군대가 행진을 하면, 양철북을 쳐대 엉망으로 만들어 버립니다. 나치 관련 군중 집회에 북을 쳐서 사람들을 흥겨이 춤추게 만들어 행사를 망쳐 버리죠. 당시 사회의 부조리와 모순에 대한 항의와 저항이었던 겁니다. 그 시대와 지금 우리 시대의 다른 점은 무엇일까요.

「맨발」이나 천천히 씹어서 공손히 먹어야겠습니다. 혹시 압니까. 아이스크림도, 바싹한 비스킷도 아니지만 이 한 편의 시가 내 속에 녹아들어 양철북처럼 둥둥 울릴지도 모릅니다. 맨발을 천천히 거두어 가는 개조개처럼 그 속도로 살아가렵니다. 늘 맨발인 그처럼 그렇게 가지런히 아무도 탓하지 않고 조용히 말이지요. 언젠가는 세상의 모든 눈물이 마르는 그날까지요.

벼슬 턱

코는 자신을 내세우고
그 뜻을 주장하며 모든 것을 드러내려 하지만
입술은 자신을 숨기고 받아들이고
모든 것을 감싸 주는 부드러움입니다.
거만한 콧대보다
미소를 담아내는 입술의 사람은 아름답습니다.

엄재영 집사는 글을 모릅니다. 숫자도 모릅니다. 몸도 불편
하며 생활도 어렵습니다. 그러면서도 열심히 교회에 나옵니다.
금년에 네다섯 가정이 묶이는 소그룹의 지도자로 삼았습니다.
물론 가르치는 일은 불가능합니다. 그저 어느 집에 모인다는 연

락이나, 교우 가정에 생기는 일들을 목사에게 알려주는 연락원 같은 역할입니다. 전화도 그와 처지가 비슷한, 사슴목장에서 일하는 남편이 눌러 줘야 가능한 일입니다. 그런데 얼마나 열심인지 모릅니다. 행복해 합니다.

오늘은 그의 집에서 다섯 명의 교우들이 모여 예배한 다음에 그의 벼슬 턱으로 막국수를 얻어먹었습니다. 집사와 속장이라는 벼슬은 그녀의 46년 인생에 처음입니다. 앞으로도 더 큰 벼슬을 하게 되리란 생각은 하지 않는 것 같습니다. 지난주 금요일에 멀리 홍천을 다녀오는 차 안에서 발음조차 정확치 않은 말로 여러 사람들 들으라는 것처럼 말했습니다.

"목사님, 제가 다음주에 맛있는 거 살게요."

"왜요?"

"제가 출세를 했잖아요."

"무슨 출세요?"

아무 말이 없기에 차 안의 거울로 그녀의 얼굴을 보니 본래 붉은 얼굴이 더욱 빨개져 있었습니다.

"아, 속장 되고 집사 되었다고 맛있는 거 사려고 하는 거죠?"

내가 얼른 그녀를 거들었습니다. 그제서야 다른 교우들이 한

마디씩 합니다.

"맞어. 한턱 내야 돼. 우리 속장 최고야. 내가 교회를 오래 다녔어도 이렇게 자주 전화하는 속장을 못 봤어. 엄 집사 덕에 맛있는 거 먹겠네?"

그렇게 되어서 막국수를 얻어먹었습니다. 오늘 그녀는 흥분해 있었습니다. 막국수 집에서는 큰 소리로 주문을 했습니다. 그렇게 당당해 보기도 아마 처음인 듯싶게 말입니다. 돈을 낼 때도 "여기 얼마예요?" 하면서 기운차게 음식 값을 냈습니다. 기분 좋게 누군가를 대접한 게 처음인 사람처럼 말입니다.

그녀는 갑자기 너무나 당당해졌습니다. 자신감이 생겼습니다. 감투가 사람을 만든다는 말이 있지요. 이렇게 기분 좋게 맞을 수 있을까요. 가만히 보고만 있어도 그렇게 즐거울 수가 없습니다. 시킨 사람도 시킴을 당한 사람도요. 저렇게 작은 일에 즐거워할 줄 아는 사람이 천국에 가는 게 아닐까요. 아무것도 아닌 그것에 목숨 걸고 열심인 사람. 그런 사람을 예수님도 좋아하셨습니다. 달란트를 주었을 때 아무것도 남기지 않은 한 달란트 받은 자는 바깥 어두운 데로 내쫓김을 당했습니다. 아주 적은 것으로 아주 많은 것을 남기는 사람.

바다이며 하늘입니다

우리나라의 강원도 땅만한 이스라엘의 여러 명소들 중에서 예루살렘 다음으로 잘 알려진 관광지가 바로 사해입니다. 해면보다 400여 미터 아래에 있는 이 사해는 매일 500만 톤의 물을 요단강을 통해 받아들입니다. 고온 지역이기에 들어오는 만큼의 물이 증발되어 수위는 항상 일정 상태를 유지하고 있습니다. 남북의 길이가 75킬로미터, 동서의 폭이 넓은 곳은 18킬로미터. 대단히 큰 호수인데, 사실 그동안 이 사해 주변은 별 쓸모없는 땅이라고 여겼습니다.

그러나 요즘은 그렇지 않습니다. 이제는 이스라엘의 가장 유명한 관광 명소가 되었습니다. 중요 수입원이 되었습니다. 유수한 호텔이 들어서고 많은 관광객들이 이곳을 찾습니다. 관광객들이 사해에 와서 수영을 하려고 애쓰는 것은, 사해의 물이 각종 피부병에 특효가 있기 때문입니다.

사해 머드는 이제 세계적인 미용 상품이 되었습니다. 또 이 곳은 다른 곳보다 공기 중에 산소가 10% 정도 더 많아 폐 기능이 약한 분들이 수영을 하며 심호흡을 하면 건강에 유익하다고 알려져 있습니다. 그리고 수영을 못하는 사람도 몸이 둥둥 뜨기 때문에 빠져 죽을 염려가 없어 아주 안전하지요. 그러다 보니 수많은 관광객들이 몰려듭니다.

그러나 좋은 것만 있는 건 아닙니다. 사해는 염도가 바닷물보다 30% 정도 높아 수영할 때 물을 먹으면 고통스럽습니다. 정신을 못 차릴 정도지요. 심하면 구토도 합니다. 또 그 강한 염도의 물이 눈에 들어가면 쓰림과 동시에 눈이 충혈됩니다. 앞을 보는 데 어려움을 겪기도 하지요. 그러니까 사해는 수영하기에 편한 바다지만 동시에 불편한 바다이기도 한 것입니다.

이 사해가 주는 교훈은, 모든 것에는 좋은 점과 나쁜 점이 함께 있다는 겁니다. 사람들은 좋은 것만을 사랑하려고 합니다. 그러나 좋은 점만 있는 것은 없습니다. 세상을 보세요. 그런 것이 있는지. 항상 양면이 있기 마련입니다. 한 사람을 보더라도 좋은 면만 있지 않습니다. 나만 보더라도 그렇지요. 이게 세상이고 사람입니다.

그러니 우리는 사해를 보듯 봐야 합니다. 그렇게 이해를 해야 합니다. 좋은 점과 나쁜 점을 다 받아들일 줄 알아야 합니다. 사랑할 줄 알아야 합니다. 좋은 것을 사랑한다는 것은 그 속에 있는 나쁜 것도 사랑한다는 의미입니다. 편안함 속에 불편함이 있는 것이고 불편함 속에 편안함이 있는 겁니다. 당신의 편안함, 나의 불편함, 나의 불편함, 당신의 편안함. 이것들이 합해져 훌륭해지는 것입니다. 이것들이 상호 보완적으로 융합이 될 때 우주는 아름다워지는 것입니다.

바다와 하늘은 만납니다. 그러기에 지구는 존재합니다. 그 위에 사람은 살아가고요. 바다와 하늘은 전혀 다르지만 서로의 다름을 탓하지 않고 늘 변함없이 그 자리에서 역할을 다합니다. 우리는 늘 생활 가운데 바다이면서 하늘인 것입니다.

어떻습니까, 당신은

내가 한 사람의 심장 찢기는 것을 막을 수가 있다면

내 인생 헛된 것이 아니리

내가 한 사람의 고통을 덜어 줄 수 있다면

한 사람의 아픔을 식혀 줄 수 있다면

기절한 울새를 도와

둥지로 돌아가게 할 수 있다면 내 인생 헛된 것이 아니리

– 에밀리 디킨스 「만약에 내가」

초등학교에도 들어가지 않은 친구의 아들은 하루도 빠지지 않고 검도를 배웁니다. 1년이 지난 지금, 곧 1단이 된다고 하더 군요. 이처럼 검도나 태권도 같은 무술 혹은 바둑이나 장기 같은

잡기에는 그에 걸맞는 급수라는 게 있습니다. 사람에게도 이런 성숙의 단계, 다시 말해 인간에게 걸맞는 급수가 있지 않을까 생각해 봅니다. 지난 '책의 날'에 목사에게 이런 이런 책을 사 주세요, 한 적이 있습니다. 『토끼 뿔』. 목록에 적혀 있지도 않은 이 책을 선물로 받았습니다.

한꺼번에 여러 권의 책을 받으니 차근차근 살필 겨를도 없었습니다. 얼핏 그 책을 받았을 때는 '토끼풀'인 줄 알았어요. 그렇게 보이더라고요. 건성으로 본 탓이죠. 오늘 새벽 묵상을 마치고 멍하니 5월의 공기를 쬐고 있었습니다. 저만큼 쌓여 있는 책 무더기 속에서 '뿔'이라는 글자가 크게 보였습니다. 토기풀이 아니라 토기 뿔이었던 거예요. 아니, 토끼에 웬 뿔? 그 책에 바로 인간의 높낮이에 대한 이야기가 실려 있더군요.

내용인즉 이렇습니다.

7급 - 자신이 인간인 걸 겨우 아는 사람

6급 - 인간인 건 알지만, 안하무인 잘난 척하는 사람

5급 - 잘난 척에서 망설이는 사람

4급 - 타인의 충고를 이해하려는 사람

3급 – 스스로를 반성할 줄 아는 사람

2급 – 반성하며 겸손한 사람

1급 – 겸손하고 자신을 비우려는 사람

초단 – 드디어 인생무상을 터득한 사람

2단 – 무상無想에서 새로운 도전을 시도하는 사람

3단 – 시도는 하되, 망설이는 사람

4단 – 계속 전진해 나가는 사람

5단 – 전진은 하되 속도가 느린 사람

6단 – 느린 대로 기다릴 줄 아는 사람

7단 – 때를 자유자재로 쓰는 사람

8단 – 이미 얻은 깨달음을 잃지 않는 사람

9단 – 완성 직전에 이른 사람

10단 – 더는 살고 죽음에 붙들리지 않고 영원에 이른 사람

뿔. 인간의 높낮이가 될 수 있습니다.

당신은 어느 정도의 급수에 들어가는지요. 한 사람의 심장이
찢기는 걸 막아 주고, 고통을 덜어 주고, 아픔을 식혀 줄 수 있는

정도의 사람은 될까요? 기절한 울새를 도와 둥지로 돌아가게 해 줄 수는 있을까요?

우리 스스로 급수를 매길 수는 없을지도 모릅니다. 하지만 적어도 상대의 고통을 공감하며 같이 울어 주고 동식물들의 아픔을 덜어 줄 수만 있어도 그닥 쓸쓸한 인생은 아닐 것입니다. 그만큼만이라도 따듯함을 갖고 사는 인생이 되었으면 합니다.

눈물이 핑 돌았습니다

그 언젠가 휴일이었습니다. 일직을 하려고 이른 아침 버스에서 내렸습니다. 30분을 걸어야 했습니다. 사람 그림자 하나 만날 수 없었죠. 논두렁을 가로질러 갔습니다. 농사짓는 분들이 봄 불을 놓고 있었죠. 논두렁 잔디가 시커멓게 그을려 있었습니다.

서두를 것도 없이 발로 논두렁 흙더미를 툭툭 차며 걸었습니다. 아침 햇살은 따갑게 내리쪼이고 있었습니다. 햇살이 꽂힌 논두렁 틈새로 아기 손톱처럼 새싹이 돋고 있었습니다. 그때였습니다. 발로 툭툭 차던 흙덩어리 속에서 뭔가가 꾸물거리고 있었습니다.

"뭘까?"

아! 그건 새까맣게 타버린 어미 쥐 품에서 미처 눈도 뜨지 못한 채 꾸물거리는 새끼 쥐였습니다. 앞뒤 상황을 짐작해 보니 양쪽에서 불길은 달려오고 새끼는 살려야 했었던 겁니다. 어미 쥐는 그렇게 새끼들을 품에 안고 타 버린 것이었습니다. 불 속에서 새끼를 품에 안고 죽어 가던 어미 쥐. 그 심장 소리가 들리는 듯했습니다.

"나는 죽고 너는 살고."

눈물이 핑 돌았습니다.

- 작자 미상「사는 이야기」

오늘 아침, 자동차에 치여 찢겨진 사지를 드러내고 죽어 있던 그 고양이도 누군가의 어미였을 겁니다. 어버이날 멀리 계신 어머니를 뵙고 오면서 그분도 누군가의 딸이었을 거라는 친구의 글을 읽노라니 가슴이 찡합니다. 부모와 자식은 그저 만날 수 없는 그리움이고 아픔인가 봅니다.

나는 결코 짧지 않은 세월 동안 어머니를 닮지 말아야겠다고 생각했습니다. 누군가가 던지는 어머니를 닮았다는 소리에 나는 흠칫 놀라고 기분이 나빴죠. 그런데도 혈액 속 유전자를 흘러 어머니로부터 내게 전해진 몇몇 가지.

가령 현재 나의 반백의 머리. 몇 년 후면 내 머리도 아마 거의 순백으로 빛나고 있을 겁니다. 고집스러움이 담긴 얼굴 생김새. 가지런한 손가락과 발가락. 나도 모르게 몸에 배인 절제와 어떤 엄격함 등. 나는 어느덧 익숙해지고 친밀해졌습니다.

게다가 내 삶의 구비구비 곡선은 점점 더 어머니의 그것을 향하고 닮아 가고 있습니다. 어머니와 나 사이에 형성된 유사한 그것들은 이젠 더 이상 내게 좋고 나쁜 어떤 것이 아닙니다. 단지 닮아서 기쁘고 안타깝고 또한 닮아서 슬프고 감사할 뿐.

그런데도 어머니에게 닿기 위해 다녀오는 길은 아직 멀기만 합니다. 어머니의 삶과 그 자리. 그 남은 시간은 여전히 내게 먼 길이죠. 당신이 걸어온 그 길을 나도 따라가고 있나요. 당신이 내어준 그 길을 내가 가고 있는 건가요. 설령 그 길이 다를지라도 그 마음은 같지 않을까 싶습니다. 아무리 내가 어머니를 닮고 싶지 않았다 해도 닮아 있듯이 말입니다. 말로는 그러지 않고 싶다 하지만 속내는 기뻐하는지도 모르겠습니다. 자신을 쏙 빼닮은 아들을 보는 아버지처럼 말입니다.

멀리 계신 어머니. 닿을 듯 닿지 않는 그 모습.

황혼녘 창가에 서 계신, 이젠 가볍디 가벼워진 어머니의 모습을 뵙고 오는 길. 그저 두 눈에서 묵직한 눈물만 줄줄 흘러내리고 있습니다.

소를 몰고 교회로 오다

목사님께

목사님과 인연이 된 것도 어언 수십여 년입니다. 항상 목사님 존경스럽습니다. 철없는 신앙생활을 용서해 주세요. 오늘 아침, 새벽에 교회 갔다 와서 아침밥을 먹으며 남편한테 송아지 한 마리를 달라고 했습니다. 큰 소 말고요. 그랬더니 선뜻 "그래" 하고 남편이 대답을 하더군요. 그래서 "황소? 암송아지?" 제가 놀라서 물었지요. 남편은 또 아무렇지도 않게 "마음대로" 했어요. 황소와 암소는 가격 차이가 많이 나거든요. 그러면서 하는 말이, 서면에 있는 금산교회의 장로가 친구인데 그 교회는 암송아지를 키워 새끼를 낳고 또 낳고 그런 식으로 한다는 겁니다. 우리 교회는 그런 방식은 안 되겠지요? 송아지. 가격은 별것도 아니지만요. 암송아지는 300만 원 정도 된다고 교우들이 말을 해줬습니다.

자식만큼이나 아끼는 소를 침 한 번 삼킬 사이도 없이 대답해 주는 남편이 너무 고마웠습니다. 믿기질 않았어요. "진짜야? 진짜야?" 하며 목사님께 말한다고 했더니 그러라는 것이었습니다. 남편이 목사님과 교회를 신뢰한 것 같아서 무지 좋더라고요.

그런데 현금이 아닌 송아지로 준다는데, 목사님 어떻게 하면 좋을까요? 목사님 늘 건강하세요.

              - 이숙자 〈주일 아침에 건네주신 편지〉

어제, 어떤 일이 생겼는지 아시겠죠?

여자 교우 한 분이 송아지를 끌고 예배당으로 온 겁니다. 그러고서는 키우실지 어쩔지를 물었습니다. 설교 중간에 교우들에게 물었죠. 예배당 마당 한쪽에 우사만 지어 주면 내가 키우겠다고 말입니다. 소똥도 치고 풀도 뜯어 먹이면서. 한 20년 사람을 쳤으니까 이젠 소를 치는 것도 괜찮지 않느냐고 말입니다.

한바탕 웃으면서 예배가 끝났습니다. 교우들과 의논을 했습니다. 멀리 광판리에서 교회를 나오는 교우가 마침 소를 기르고 있으니 거기 맡겨서 기르자고 말입니다. 대신 교우들과 나는 일주일에 한 번씩 소똥을 치기로 말입니다.

도교를 상징하는 그림으로 십우도라는 게 있습니다.

1장에서는 동자승이 검은 소를 찾고 있습니다. 2장에서는 동자승이 검은 소의 발자국을 발견하고 그것을 따라가지요. 3장에서는 검은 소의 뒷모습과 꼬리를 발견합니다. 4장에서는 검은 소를 붙잡아서 막 고삐를 걸지요. 5장에서는 소에 코뚜레를 뚫어 길들이며 끌고 가는데, 검은 소가 머리부터 흰색으로 변합니다. 6장에서는 흰 소에 올라탄 동자승이 피리를 불며 집으로 돌아옵니다. 7장에서는 흰 소도 없고 동자승만 앉아 있어요. 8장에서는 흰 소도 동자승도 없지요. 9장에서는 강물은 고요히 흐르고 꽃은 절로 피어납니다. 10장에서는 세속의 저잣거리로 들어가 중생에게 손을 드리우는 그림입니다.

이 집사님의 남편 분이 흡사 이 동자승은 아닐런지요. 비록 교회에 나오지 않아도 그 마음만큼은 예수님의 그것과 닮아 있습니다. 무엇이 종교이겠습니까. 이런 마음이 신앙이 아니겠습니까? 남편 분은 아내를 믿고 아내에게 해당되는 모든 것을 신뢰합니다. 그 부부에게 헤어짐이 있겠습니까. 영원까지 이어지는 인연이지요. 이 정도면 살 만하지 않습니까.

이 예배당에 들어온 소. 이 소가 십우도의 그 소와 같다는 생각이 드는 날입니다. 소도 얻고, 깨달음도 얻고, 집사님도 얻고, 남편 분도 얻고. 기분이 참 좋은 하루였습니다. 그 소를 잘 키워 송아지를 낳으면 또 얼마나 좋은 일이겠습니까. 그 송아지가 커서 또 송아지를 낳으면 어떻겠습니까.

그대는 그런 사람을 가졌는가?

만릿길 나서는 길
처자를 내맡기며
맘 놓고 갈 만한 사람
그 사람을 그대는 가졌는가

온 세상이 다 나를 버려
마음이 외로울 때도
"저 맘이야" 하고 믿어지는
그 사람을 그대는 가졌는가

탔던 배 꺼지는 순간

학곡리 364-2번지

구명대 서로 사양하며
"너만은 제발 살아다오" 할
그런 사람을 그대는 가졌는가

불의의 사형장에서 "다 죽어도 너희 세상 빛을 위해
저만은 살려 두거라" 일러줄
그런 사람을 그대는 가졌는가

잊지 못할 이 세상을 놓고 떠나려 할 때
"저 하나 있으니" 하며
빙긋이 눈감을
그런 사람을 그대는 가졌는가

온 세상의 찬성보다도
"아니" 하고 가만히 머리 흔들 그 한 얼굴 생각에
알뜰한 유혹을 물리치게 되는
그 사람을 그대는 가졌는가.

– 함석헌 「그대는 그런 사람을 가졌는가」

푹푹 찌던 날씨가 한줄기 소낙비에 한결 시원해졌습니다. 편안하게 주일을 마쳤다는 안도감이 '영화나 한 편 보러 갈까?' 하는 마음으로 맺혔습니다. 이리저리 시내 상영관의 영화 제목을 알아보았습니다. 대부분 방학을 맞은 아이들을 위한 것들이었습니다. "에이, 그러면 집에 있는 비디오나 하나 보지 뭐."

결국 오래된 프랑스 영화 〈쉘브르의 우산〉이 찍혔습니다. 다 아시다시피 밋밋하지만 실팍한 긴장감이 감도는 영화입니다. 사랑하며 산다는 게 얼마나 뜨거우며 또 얼마나 간결해야 하는지를 말해 준다고나 할까요. 여하튼 그렇게 비디오가 다 돌아갔기에 기계에서 테이프를 뺐습니다. 그때 TV 화면이 쑥 뜨더니 로또 복권 어쩌고 하는 뉴스가 나오고 있었습니다.

경남 진해에서 노래방 종업원으로 일하는 27세 조모 씨. 어려운 집안 형편 때문에 동갑내기 최모 씨와 동거를 했다고 합니다. 형편이 나아지면 결혼식을 올리기로 하고서 말입니다. 그러던 지난 4월 어느 날, 로또 복권 번호를 적어 주면서 최씨에게 복권을 사 오라고 했답니다. 그런데 그 복권이 52억 원에 당첨되었고, 최씨는 그 돈을 가지고 자취를 감췄다는 것이 사건의 전말이었습니다.

만릿길 나서면서 처자를 맡겨 놓고 갈 그런 사람. 온 세상이 다 나를 버려도 내 편이 되어줄 사람. 배가 꺼지는 순간에도 구명대를 사양하는 사람. 불의의 사형장에서도 나만은 살려 줄 수 있는 사람. 세상을 떠날 때 내 대신 남아 줄 수 있는 사람. 올곧게 나를 바른길로만 인도해 줄 수 있는 사람.

이런 사람이 아주 드문 요즘 세상입니다. 하지만 드물긴 해도 있기는 합니다.

내 주위에 그런 사람이 있을까요? 내가 같이 살고 있는 사람은 앞서 저 사람처럼 로또를 갖고 멀리 달아날 사람인가요, 아니면 그 로또를 갖고 알콩달콩 행복하게 살아 줄 사람인가요. 아니, 그보다 먼저 내가 그런 사람이 되어줄 수 있을까요?

교인 좀 빼가라

　　　　　자신뿐만 아니라 세상을 한번 구원
시켜 보겠다고 예배당을 차린 후배가 있습니다. 남들 보기엔 방
한 칸 얻어서 십자가 걸어 놓으면 다 되는 것 같지만 그렇지 않
습니다. 옛날 같지 않아서 돈도 돈이려니와 구원받을 사람들이
몰려들지 않습니다.

　한때, 십자가만 걸면 장사가 된다던 시절이 있었습니다. 그
땐 목소리 걸쭉하고 머리에 반지르르 기름만 바르면 그런대로
잘나가는 사업이었습니다. 그러나 이제는 어려워진 경제만큼이
나 예배당 사업도 내리막길입니다. 물론 벤치마킹해서 성공하는
사람도 간혹 있다고 하더군요.

　여하튼 그 후배 놈에게 얼마간의 돈도 지원하고 마음의 애정

도 보내곤 했습니다. 하지만 그러는 내 마음은 편하지 않습니다. 알량한 동정심 같기도 하고, 교인 하나 없이 매 주일 설교하는 그 마음이 어떨까 하는 걱정도 들고요. 저러다가 밑천까지 거덜 나겠다 싶었어요. 밑천요? 아마 5, 6천만 원 들었을 거예요.

마지막 주 일요일 오후 우리 교우들이 아예 그곳으로 옮겨서 예배를 하기로 했습니다. 그러면서 내가 이렇게 말했습니다.

"설교를 기똥차게 해서 교우들을 좀 꼬드겨라. 교회를 옮기고 싶을 만큼 말이다. 네 능력만큼 교우들을 빼 가도 좋다. 그러라고 여기 와서 예배하려는 거다."

후배 놈은 대답은 안 하고 배시시 웃기만 합니다.

진정으로 내 교인을 빼 가도 좋았습니다. 그만 잘된다면요. 하지만 교회 사업이란 게 그리 녹록지가 않습니다. 사람의 마음을 산다는 게 어디 쉬운 일입니까. 한 교인이라도 그 마음이 움직여야 오는 것입니다. 그래야 둘이 되고 셋이 되는 거지요. 그 한 사람의 마음을 잡기가 그리 힘든 것입니다. 그러니 신을 의지할 수밖에는 없지요. 하지만 그것도 쉬운 것은 아닙니다. 내가 기도한다고 다 이루어지는 것도 아니거든요.

그저 순리에 맡길 수밖에 없지요. 하다 보면 되겠지요. 하나

둘 마음을 사다 보면 늘겠지요. 그 마음이 늘어가듯 교인들도 그러할 것입니다. 이 교인 저 교인이 생기면서 좋아질 것입니다. 그 믿음을 잃지 않기를 바랍니다. 열심히 사랑을 나누다 보면 교인이 생길 거라는 그 믿음 말입니다. 그것이 이치이지 않습니까. 그놈 하나님에게 담보한 것은 찾을 생각도 말아야 할 것입니다. 전세 담보금으로 들어간 돈이라도 떼이지 않는다면 목회를 성공하는 것일 겁니다.

당신이 내게 손을 내미네

당신의 손이 길을 만지니

누워 있는 길이 일어서는 길이 되네

당신이 슬픔의 살을 만지니

머뭇대는 슬픔의 살이 달리는 기쁨의 살이 되네

아, 당신이 죽음을 만지니

천지에 일어서는 뿌리들의 뼈

— 강은교 「당신의 손」

꽃의 시인, 김춘수님이 별세했다는 소식이 전해집니다. 어제, 넉 달째 혼수 상태에 빠졌다가 82세의 나이로 하늘의 꽃이 되신 거죠. 나도 그의 「꽃」이란 시를 너무 좋아해서 자주 설교의 재료로 쓰기도 했습니다. 나는 「꽃」이란 시를 읽으면 격려가 되고 희망이 생깁니다. 아니, 생의 의욕이라고나 할까요.

어느 날 농부가 말을 타고 나가면서 아내에게 말했습니다.

"오늘 장에 가서 좋은 말로 바꿔 오리다."

그러자 아내가 말했습니다.

"잘 생각하셨어요. 좋은 것으로 바꿔 오세요."

이 농부, 말을 타고 가다가 소가 좋다는 말만 듣고 소와 바꿨습니다. 그리고 소는 양과 바꿨고, 양은 거위로, 거위는 암탉으로, 암탉은 드디어 썩은 사과 한 봉지로 변해 있었습니다. 그것을 들고 집으로 돌아오는데, 그 꼴을 본 이웃집 욕심쟁이 부자가 "네 마누라가 화를 내지 않고 잘했다고 한다면 말야. 내가 말 열 필을 살 수 있는 금화를 주겠다." 이럽니다.

농부의 아내는 남편에 손에 들린 사과 봉지에 대한 이야기를 다 듣고 난 다음에 이렇게 말했습니다.

"참 잘하셨어요. 훌륭해요."

결국 농부와 그의 아내는 부자에게서 말 열 필에 해당하는 금화를 받았습니다. 열 필의 좋은 말을 얻었지요.

안데르센 동화에 나오는 이야기입니다. 아름다운 사람들의 위대한 재능이라면 그것은 칭찬과 격려입니다. 흔히들 칭찬은 고래도 춤추게 한다고 하지요. 칭찬을 듣고 기쁘지 않은 사람은 없을 거예요. 단, 칭찬을 하기란 쉬운 게 아닙니다. 주위에도 보세요. 둘셋이 모였을 때 칭찬하는 일이 있는가. 아니요, 오히려 헐뜯고 욕하는 게 다반사일 겁니다. 인간은 어째서 칭찬보다는 이렇게 험담하는 쪽에 더 익숙한 건지. 왜 악의 근성에 더 근접한 건지. 처음부터 그렇게 창조되지는 않았을 텐데 말입니다.

어떤 상황에 닥쳐도 묵묵히 믿어 주고 지지해 주는 아내. 우리는 늘 누군가한테 그런 사람이 되어주길 원합니다. 그런 사람이 내 곁에 있기를 원합니다. 그렇게만 된다면 인생도 그리 어려운 건 아닐 겁니다.

늘 누군가에게 손길을 내어 줍시다. 누워 있는 길도 일어서는 길이 될 수 있게. 슬픔의 살을 기쁨의 살로 만들어 줄 수 있게. 죽음조차 따뜻하게 부활시켜 줄 수 있게 말입니다. 당신의 손으로 따뜻한 세상을 만들자고요. 늘 칭찬을 해주자고요. 나를 칭찬해 주고 너를 칭찬해 주고… 그런 사람이 차고 넘치는 세상. 정말 살 만한 세상이지 않겠습니까.

넘어지게 한 것을 딛고 일어서는 힘

땅 위에 넘어진 아이는
땅을 원망해선 안 된다.
넘어진 아이가
다시 일어서려면
바로 그 땅을 짚고 일어나야 하지 않는가!

스페인의 어느 마을에는 아주 오래된 관습 하나가 있
답니다. 그 마을 사람들은 누구나 15세 이후가 되면 메
모장 하나를 목에 걸고 적어야 하는 것들이 있었습니다.
기쁜 일이 있거나 슬픈 일이 있거나 삶에서 진한 감동을
느낄 때마다 이 메모장의 왼쪽에는 기뻤던 일을, 오른쪽

에는 그 기쁨이 지속되었던 기간을 적습니다. 그리고 누군가 죽으면 고인의 메모장을 열어 고인의 기쁨이 지속되었던 오른쪽 시간을 더해서 고인의 비문에 적는 전통이지요. 말하자면 "아무개, 향년 70세로 눈을 감다"라고 쓰는 대신 "아무개, 8년 6개월 13일을 살다'라는 식으로 적는 거죠. 왜냐하면 그들은 기쁨이 지속되었던 그 시간만이 유일하게, 진정으로 살았던 시간이라 믿기 때문이랍니다.

이런 식의 계산법이라면 아마 우리가 평생 동안 진정으로 살아 있는 기간은 그리 길지 않을 것입니다. 그리고 그 나머지 대부분은 스스로가 지어 놓은 마음의 감옥 안에서 복역하며 죽어간 기간일 것입니다.

그러니 이제부턴 우리도 이 마을 사람들처럼 메모장을 하나씩 목에 걸고 다닙시다. 기쁜 일이 생길 때마다 그 기쁨이 지속되는 기간을 적어 보자고요. 웰빙은 유행이 아니라 어쩌면 이 작은 메모장 한 권일지도 모릅니다.

– 김미숙 「그루터기」

그렇게 적다 보면 기쁜 일이 더 많이 생길 것도 같습니다. 기쁨은 기쁨을 슬픔은 슬픔을 새끼 치지 않을까요? 자꾸 기쁜 일을 기록하다 보면 더 그런 일이 일어날 것 같습니다. 그리고 다른 사람에게도 그것이 옮겨 갈 것 같습니다. 사랑하는 사람에게는 더 그렇겠지요. 가족들에게 지인들에게 이런 파장을 보내며 사는 인생이 됩시다. 내가 기쁨으로 너도 기쁘고 같이 행복해 하는 인생 말입니다.

너 없이 나 없이는 존재할 수 없는 것이 인생입니다. 사람이 사람 없이 어떻게 사람이라고 할 수 있겠어요. 사람 인人 자를 봐도 잘 알 수 있지 않습니까. 서로 기대고 있어야 사람입니다. 서로 의지하고 있어야 사람입니다. 아플 때 슬플 때 같이함으로서 기쁨으로 변화시키는 것이야말로 진정한 삶의 의미라 여겨집니다. 분명 그럴 것입니다.

사랑하는 사람과 함께하는 아픔과 슬픔은 결코 힘들지 않을 것입니다. 단연 행복의 다른 이름일 것입니다. 땅을 짚어야 일어설 수 있는 것처럼요. 당신을 넘어지게 한 그것을 딛고 일어서야 합니다. 당신을 쓰러뜨린 그 사람을 붙잡고 일어나세요. 훨씬 더 걸음이 편안해질 것입니다.

꼬리는 남자가 친다

아무리 달래도

또 달래도 피는 분수처럼 솟구쳐 흐르고

숨결은 쇠를 녹이는 풀무처럼 뜨겁고 가쁘다.

자꾸 꿈틀거리며 터져 나오는

생명 당당한 1등의 억센 힘을 어떻게 덮어씌우랴!

영은이가 태어난 지 100일이 되었습니다. 뜨거운 김이 솔솔 나는 백설기가 쌓여 있습니다. 아침 예배를 마치고 문간으로 나와 보니 장관입니다. 집으로 돌아가는 교우들에게 하나하나 나눠 주는 모습이 일품이에요. 오늘 아침에 어느 잡지에서 「당당한 1등」이라는 글을 읽었습니다. 백일 떡을 먹는 의미를 높이려고 그랬던가 봅니다. 글의 내용은 이렇습니다.

한 생명체가 태어나려면 난자와 정자가 은밀하게 만나야 한다는 것은 다 아는 사실이죠. 여자는 태어날 때 이미 40만 개의 난자를 가지고 태어난다는군요. 그러다가 월경을 시작하게 되면 난소에서 하나씩을 자궁으로 보낸답니다. 이번 달에 왼쪽 난소에서 하나를 꺼내 놓으면 다음 달에는 오른쪽 난소에서 하나의 난자를 자궁으로 보내는 거죠. 여자가 월경하는 기간이 대략 35~40년이라면 평생 배출되는 난자의 수는 500개를 넘지 않겠죠. 800분의 1밖에 쓰지 못한다는 결론이 나옵니다.

남자의 경우는 어떨까요? 남자는 한 번 사정에 3억 마리 이상의 정자가 배출된답니다. 그러나 사람이 되기 위해서는 딱 한 마리만 필요한데요. 어떻게 그 한 마리를 고르는지 아십니까? 일단 사정이 된 3억 마리가 일제히 난자를 향해 안간힘을 쓰며 달려갑니다. 그렇게 두 시간이 지나면 200마리 정도만 최후 주자로 남죠. 급기야 난자에 도착해서 자기를 뽑아 달라고 꼬리를 친답니다.

재미있죠? 꼬리는 여자가 치는 줄 알았는데 말입니다. 여하간 난자는 그런 200마리를 최종적으로 심사해서 가장 우수한 정자 하나를 합격자로 뽑는답니다. 이때 적용하는 심사 기준은 가장 우수한 유전자랍니다. 난자는 어떤 정자가 우수한지 판별하는 능력이 있답니다. 그렇다면 아이들 머리 좋고 나쁜 것은 완전히 엄마 책임이 되는 거네요?

그렇게 되어서 오늘 백설기를 돌린 그 아이가 태어난 것입니다. 얼마나 많은 확률을 뚫고 나왔는가요. 가장 우수한 유전자가 난자와 만나 생명이 된 것입니다. '생명'이란 말에는 너무나 진한 감동이 새겨 있는 것이 아니겠습니까. 신이 인간에게 선물한 기적입니다. 생명을 잉태할 수 있다는 것은요. 세상 그 무엇으로 따진다고 해도 비교가 안 되는 것입니다. 가장 고귀한 인간의 순리이지요.

이미 우리는 당당한 1등들입니다. 뭘로 보나 우리는 1등이에요. 자신이 가장 잘난 것입니다. 누가 따라올 수 있겠어요. 가장 가치 있는 존재입니다. 자신은 가장 우수한 것들이 만나 이루어 낸 조합이니 거침없이 삽시다. 신이 만들었으니 그에 준하는 삶을 살아야 하지 않겠습니까. 우리는 모두 신처럼 살 수 있는 존재들입니다.

목사의 하루

오늘 일들은 다 잘 됐는지
또 하루가 지났지
하루가 지나가는 게 제일 좋은 거야

          – 정현종 「어떤 문답」

목사의 하루란 그저 그렇습니다. 사람을 치는 일로, 마치 목부가 소나 양을 치는 일과 진배없지요. 어떤 때는 차라리 깊은 산골에 들어가 소나 흑염소를 길렀으면 싶을 때도 있어요. 그럴 때마다 박노해 형이 무슨 뜻으로 사람만이 희망이라고 했는지 모르겠어요.

일주일에 한 번, 금요일에 다섯, 여섯 가정의 교우들이 몰려

다니는 것을 감리교회에서는 '속회'라고 합니다. 나는 노인들만 모이는 모임 하나를 맡고 있습니다. 대부분 글을 모르시지요. 알아도 이제는 보이지 않기 때문에 맨날 찬송가 28장 〈복의 근원 강림하사〉만 부릅니다. 그리고 성경을 읽고 짧은 훈화로 모임이 끝납니다.

어제 금요일에 무슨 일이 있어서 부득불 토요일 낮에 모이게 되었습니다. 산 밑에 사는 교우 댁에 모였습니다. 모임 후에는 호박을 송송 썰어 넣은 칼국수를 먹게 되어서 다른 날보다 더 일찍 끝났습니다. 한 10여 분 걸렸을까요. 맨 마지막에 "헌금 내세요" 했더니 아홉 명이 주머니를 엽니다.

노인 다섯 명에 어린이 네 명의 식구들이 천 원짜리를 주루르 냅니다. 모두 2만9천 원이었는데요. 내가 헌금을 세어서 막 봉투에 넣으려는 찰나였습니다. 김지순 집사의 다섯 살 난 손자 명원이가 자기 얼굴을 내 얼굴에 갖다 대더니 씩 웃습디다. 순간 뭔가 의미 있는 웃음이다 싶었는데, 아니나 다를까! 이놈이 이러더군요.

"많이 벌었네?"

한 10분 떠들어 놓고 2만9천 원을 벌었으면 많이 벌었다는 뜻일까요? 별로 힘도 들이지 않고 돈 내라고 하니까 두말없이 헌금을 내는 사람들. 그 아이의 눈에는 그 모습이 쉬워 보였을까요? 막 얘기하는 사람들 중에 이런 사람도 있습니다. 무슨 교회 일을 돈 벌려고 하는 일처럼 말하는 사람이요. 그런 사람도 있을지 모르지요.

하지만 대부분의 목사는 그렇지 않습니다. 나름대로 신에게 부여받은 사명으로 몸부림을 칩니다. 어떻게 하면 좀 더 좋은 설교를 해줄까. 어떻게 하면 좀 나은 인생의 길로 인도해 줄까. 어떻게 하면 좀 부유하게 살게 해줄 수는 없을까. 정작 자신은 가난하고 보잘것없더라도 말입니다. 제발 교인만큼을 잘살게 해주고 싶은 게 사명자의 마음입니다. 그 사람이 잘되면 그렇게 푼수 없이 좋은 것도 그렇고요.

저로서는 천직이라고 생각하는데. 다른 사람도 그렇게 생각하는지는 잘 모르겠습니다. 어찌 됐든 저는 이 천직으로 죽을 때까지 소명을 다할 것입니다. 훈담 몇 마디 해주고 몇 만 원을 버는 이 천직. 저에게 가장 소중한 일입니다. 그렇게 하루하루를 보내는 게 저의 일입니다.

불타는 매화나무

그렇게 해서

그는 어제 아침부터 우리집 식구가 되었다.

이틀밖에 되지 않았는데

나와 눈도 맞추고 편안하게 울기도 한다.

누군가 업어다가 놓아둔 놈을 '업둥이'라고 합니다. 그 업둥
이는 복을 가지고 집 안으로 들어온다는 말도 있습니다. 그런데
그게 나한테 일어나리라고는 생각지 못했습니다. 뭐, 어느 대화
자리에서 가끔은 더 이상 나이 들기 전에 하나쯤 데려다 키웠으
면 좋겠다는 이야기는 쉽게 했었지만 말입니다.

어제 아침의 일이에요. 하루가 다르게 변해 가는 뜰의 풍경

이 궁금해서 문을 열고 밖으로 나갔습니다. 집 모퉁이에 심겨진 홍매화가 막 꽃불을 댕길 채비를 하고 있는 것을 지난밤에 보아 두었지요. 벌겋게 불타고 있을 매화나무를 바라보는 순간 깜짝 놀랐습니다. 거기 그놈인 놓여 있던 것입니다.

그래도 그때까지는 그게 업둥이라고는 생각지 않았습니다. 누군가 아침 일찍 산책을 나왔다가 용변이 급해서 잠시 나무 밑에 두고 예배당 화장실에 갔으려니 했지요. 의뭉스런 고갯짓을 하면서 방 안으로 다시 들어왔습니다. 그러다가 다시 그놈 생각이 나기에 나가 봤지요. 글쎄 그놈이 거기 그대로 있는 게 아닌지요.

그때서야 업둥이다 싶었습니다. 매화나무 밑에 가 보니 아까는 보이지 않던 빨간 끈이 보였습니다. 끈이 아니라 빨간 줄이었습니다. 그 줄은 어떤 의도를 가진 것처럼 매화나무에 적당하게 묶여 있었죠. 끈은 "일부러 여기 두고 갑니다. 잘 길러 주세요. 잡아 드시지는 말고요."라고 말하는 것 같았습니다.

그렇게 해서 털북숭이 작은 강아지 한 마리가 내 가족이 되었습니다. 누군가 기르다가 버리기도 그렇고, 잡아먹자니 더 그렇고 해서, 기도를 하다가 그랬을까요. 목사네 집 매화나무에 묶어 두자고요. '설마 목사가 몹쓸 짓이야 할까' 하는 믿음 때문이 아니었을까 생각하니 고맙기도 했습니다.

그 강아지는 제법 귀여웠습니다. 하는 짓도 예쁘고 사람을 잘 따랐습니다. 처음 보는 나인데도 쫄랑쫄랑 엉덩이를 흔들었습니다. 눈은 또 어찌나 맑고 예쁜지. 주인은 어떤 사람이었을까 싶더라고요. 눈을 보니 주인의 눈도 그러지 않을까 싶기도 하고요. 여튼 이 강아지로 인해 우리집 분위기가 한결 달라졌습니다. 어떻게 동물 하나로 이렇게 달라질 수가 있는지.

사람도 그렇겠지만 살아 있는 뭔가가 집에 들어왔다는 게 참 신기했습니다. 그것이 신기한 게 아니라, 그것으로 인해 달라지는 분위기가 신기했습니다. 어딜 갔다 와도 강아지가 어디 있나부터 찾게 되는 것이 마치 사람 같았습니다. 좋은 사람 하나 집 안에 턱 들여놓은 기분이었습니다. 말 그대로 살맛이 났습니다. 참으로 오래간만에 맡아 보는 그리움이었습니다.

나는 강아지에게 집도 주고 밥도 주고 물도 주고 정도 주었습니다. 내게서 나갈 수 있는 따뜻한 것들은 모두 다 줄 것입니다. 홍매화 같은 강아지의 그 볼따귀. 커다란 복으로 나에게 다가와 나를 웃게 해줍니다.

달걀 판 돈 나눠 씁시다

화가이기도 한 가수 조영남은 맨날 화개장터만 부릅니다. 그러고도 그는 노래 잘 부르는 가수에서 빠지지 않습니다. 사람들은 맨날 같은 노래를 불러도 박수 치고 좋아들 하지요. 목사도 거의 맨날 설교로 먹고 삽니다. 그러나 같은 내용의 설교를 두 번 했다가는 쫓겨나기 십상이죠.

20년쯤 설교하고 살아온 목사가 있었어요. 목사 마누라가 여러 날 여행을 떠났습니다. 심심한 목사가 침대 밑을 들여다보다가 이상한 것을 발견했습니다. 달걀 일곱 알이 서른 개들이 달걀판에 앉아 있었습니다. 그 옆에는 신문지에 싼 돈 100만 원을 발견했지요. 목사는 매우 궁금했습니다. 여행에서 돌아온 아내에게 물었죠.

"여보. 침대 밑에 그거 뭐야?"

"그거요. 당신이 설교 죽 쑤는 날 하나씩 갖다 놓은 거예요."

목사는 으쓱해졌습니다. 20년 목사 노릇에 겨우 일곱 번 정도만 설교를 못했다는 말이 아닌가요?

"그럼 그 옆에 돈은 뭐야?"

그러자 마누라가 얼굴을 돌리면서 말합니다.

"그건 그동안 달걀 한 판이 되면 팔아서 모은 돈이에요."

이야기 끝에 "나도 여기서 20년 설교를 했으니, 달걀 판 돈 있으면 나눠 씁시다!" 했더니 해쓱하게들 웃어댔습니다.

먼동이 트기도 전인데 지지배배거리는 새소리에 잠이 깨서 예배당엘 가려고 집을 나섰습니다. 문 앞에 까만 봉지가 놓여 있었습니다. "달걀인가?" 했더니 햇 두릅입니다. 글 한 문장도 같이 있었습니다.

목사님, 달걀은 팔지 못했어요.
대신 산에서 따온 두릅 좀 맛보셔요.

학 마을 주유소

담은 크게
마음은 작게
담이 크다는 것은 과감하게 일을 처리하는 것이고
마음이 작다는 것은 일을 자세히 헤아려 처리하는 것입니다.

콧수염을 기른 가수가 "들이대!"라는 말을 즐겨 쓰는 것을 들었습니다. 말을 빳빳하게 하여 대드는 형국이나, 물건을 마주 보게 놓아두는 것을 뜻하는 말이지요. 아마도 이 둘을 합친 적극성의 의미인 듯싶기도 합니다.

춘천 외곽도로인 일명 잼버리 도로를 따라가다 보면 만천 사거리가 나옵니다. 거기서 시내 방향 표지판을 따라 왼쪽으로

200미터를 가면 왼쪽으로 작은 주유소가 나오죠. 이름하여 학마을 주유소입니다. 지금은 없지만 예전에는 그 주변 소나무에 학, 그러니까 백로 수백 마리가 둥지를 틀고 살았었다고 합니다. 이름을 그렇게 지은 것을 보면 사장이 아마 그 동네 토박이인 듯싶지요.

엊그제 주유소 근처에 있는 목욕탕에서 목욕을 하고 나오다가 주유소에 걸려 있는 펼침막이 눈에 들어왔습니다.

"불쌍한 농부가 하는 주유소입니다. 외상은 안 됩니다."

글귀가 하도 수상하여 지나치지 못하고 들렀습니다.

"기름을 넣으려고 온 것은 아니고요. 이참에 주유소를 옮겨볼까 싶은데. 이 주유소가 기름값도 조금 싼 것 같고, 저 펼침막의 글귀도 마음에 들고 해서 들어왔습니다."

젊은 남자가 벌떡 자리에서 일어나더니 앉으라고 합니다. 음료수를 내옵니다. 무슨 기름 탱크 도면을 가져와서 보여줍니다. 그러면서 자기가 이곳 출신이라는 것, 과수원을 하다가 좋은 일이나 해보자고 늙은 아버지의 응원을 얻어 하게 되었다는 것 등 숨 쉴 사이 없이 뱉습니다. 그러면서 말합니다.

"저랑 인연 한번 맺어 보실래요?"

정말 들이대는 사람이었습니다. 정신없이 들이대고 있었습니다. 그러면서 하는 말이 아무리 가까워져도 외상은 안 된다는 겁니다.

나는 그가 '들이대는' 적극성을 신뢰하기로 마음먹었죠. 오늘 급기야 교회 자동차 두 대에 먼저 기름을 넣기 시작했습니다. 그는 또 들이대기 시작했습니다. 매달 교회에서 넣은 기름값의 10분의 1을 계산해서 교회로 가져오겠다는 겁니다. 과감하면서도 세심한 행동이 아닐까 싶습니다.

그와의 인연. 어떻게 어디로 굴러갈지 몹시도 궁금해지는 오늘입니다.

격렬했던 정사情事의 현장

성 에너지에는

에로스와 타나토스의 두 가지 측면이 있다.

에로스는 상대에게 아름답고 멋있게 보이고 싶다는 면

이고, 타나토스는 듬직하고 거친 면이다.

– 시오자와 유키토 「만족스런 섹스가 가져오는 행복」

천수관음보살. 이런 이름을 가진 50년쯤 된 느티나무 아래서
삼겹살을 구워 먹었습니다. 달궈진 돌에서 고기 타는 냄새가 폴
폴 올라옵니다. 희희낙락 식사를 거뜬히 마쳤습니다. 부르고 느
끼해진 배를 꺼쳐 볼 요량으로 녹차나 한잔 하자고 했지요. 예배
당 2층 구석에 있는 사무실로 자리를 옮겼습니다.

그런데 세 평 남짓한 사무실이 온통 새털로 가득했습니다. 이게 무슨 일인지요. 도대체 어떤 일이 일어났는지. 모두들 궁금해 했지만 알 수는 없었습니다.

며칠 후였습니다. 사무실에 있는데 후다닥 새 두 마리가 날아드는 것이었습니다. 항로를 이탈했나 싶었는데 그게 아니었습니다. 이놈들, 사실 암수 한 쌍 같았습니다. 마치 안락한 모텔에 든 남녀처럼 그렇게 농익은 애무와 구애에 필요한 몸짓을 하며 날았습니다.

오르거니 내리거니, 엎어지고 나뒹굴길 얼마나 했을까요. 내 머리 위로 새털이 하나둘 날리기 시작했습니다. 아, 그이들의 뜨거운 사랑놀이를 지켜보는 일이란 실로 '황홀'이었습니다. 시간이 얼마나 되었을까요. 그들은 정확하게 들어온 문을 통해 껴안 듯이 날아 나갔습니다. 사무실엔 벌겋게 달아오른 내 얼굴 위로 벗어던진 털들만 휘휘 날리고 있었지요.

사무실에 가득했던 그 털들이 이것의 잔상들이었던 겁니다. 사람도 정사를 나눌 때는 이럴까요. 자신이 갖고 있는 털들을 모두 벗어 던질까요. 새들이 나누는 그것을 보면서 참 경건해졌습니다. 인간들이 하는 모습을 실제로 보면 어떨까 싶었지만. 새들은 다르다는 생각이 들었습니다. 숭고하다고 할까요. 왜 인간보다 새가 더 그렇게 느껴지는지. 인간은 내가 하는 것이어서 그런 건지. 새들의 정사는 실로 아름다웠습니다. 그들이 나누는 그 사랑의 밀어들이 느껴졌습니다. 말보다 더 신비한 대화가 실로 경탄스러웠습니다. 작은 몸짓과 그것들로 표현하는 사랑이.

가끔씩 그런 뜻밖의 즐거움이 다시 생길까 싶어 문을 열어 놓습니다. 때는 이미 한참을 지난 것 같습니다. 그들이 낳은 새끼일까요. 그저 새끼 새 몇 마리만 느티나무 가지를 오가며 비행 연습을 하고 있을 뿐이네요. 그 정사의 아름다움이 생명이 되어 움직이니 더 감회가 새로웠습니다.

공정 여행

나는 커피 맛을 모릅니다. 남들이 커피를 마실 때 나는 차를 마시죠. 집에서는 보이차나 교우들이 건네주는 중국차를 마십니다. 근사한 찻상도 있어요.

사람들이 커피를 물만큼 많이 마시게 된 이후로 듣게 된 사회적 용어가 '공정 무역'입니다. 커피의 원료인 원두의 대부분이 아프리카나 남미에서 생산되지요. 이 커피의 재배며 생산 가공에 동원되는 인력 대부분이 어린아이와 부녀자입니다. 사회 경제 기반이 열악하기 때문에 이들이 노동에 내몰리는 것입니다. 이것을 부자 나라에서는 싼값에 사다가 비싸게 팔고 있어요.

이런 나쁜 구조를 고쳐서 이들이 노동한 대가만큼 임금을 받도록 공정하게 거래를 하자는 것이 쉽게 말해 '공정 무역'입니다. 물론 농약을 사용하지 않은 좋은 원재료를 구입하자는 뜻이기도 하죠. 생산자와 소비자가 믿고 거래를 하자는 겁니다. 생산자가 중간 상인보다 더 많은 몫을 갖게 해야 한다는 거지요. 지속적으로 좋은 상품의 생산과 소득을 유지하도록 해주는 게 소비자의 입장에서도 좋다는 것입니다. 이렇게 생산자와 소비자가 대등한 관계를 맺자는 공정 무역에서 따온 개념이 '공정 여행'입니다.

지난 월요일 서울에서 춘천으로 돌아오는 경춘고속도로는 휴가를 가는 자동차들로 인해 길이 엄청 막혔습니다. 이렇게 즐기기만 하는 휴가나 여행이 초래하는 환경 오염, 문명 파괴, 낭비 등을 반성하자는 겁니다. 어려운 나라의 주민들에게 조금이라도 도움을 주자는 취지이지요. 2000년대 들어서면서 유럽을 비롯한 영미권에서 추진되어 온 게 이른바 '착한 여행' 또는 '공정 캠프'입니다.

여행자들이 얌체처럼 먹고 자는 것을 모두 싸 가지고 가서 쓰레기만 여행지에 남겨 둡니다. 결과적으로 그 지역민들은 쓰레기 치우는 일만 하게 되는 거예요. 다시 말해, 지역의 맛난 음식점이라든지, 역사관이라든지, 아름다운 장소는 점차 없어져야 하는 구조로 여행을 하지 말라는 것입니다. 우리가 가는 그곳이, 그 맛집이, 그 관광 명소가 있어야 다음에도, 내 후손들도 어디론가 휴가를 가고 여행을 할 수 있지 않겠습니까? 그러니 그 장소, 지역, 맛집을 살려야 한다는 뜻이죠. 여행을 가는 나도 좋고, 그곳 주민이나 업소도 함께 기뻐할 수 있는 여행을 하자는 게 바로 '공정 여행'입니다.

이는 모두 이 시대의 사회적 아이콘으로 등장한 공유 경제의 한 적용이기도 합니다. 관광산업은 전 세계적으로 매년 10퍼센트씩 성장합니다. 관광으로 얻어지는 이익의 대부분은 G7국가에 속한 다국적기업에 돌아가지요. 그렇기 때문에 공정 여행을 통해 현지인이 운영하는 숙소를 이용하고, 현지에서 생산되는 음식을 구입하는 등 지역 사회와 사람을 살리자는 취지입니다.

국내에서도 봉사와 관광을 겸하는 공정 여행에 대한 인식이 날로 커지고 있습니다. 나만큼 남도 생각하고 배려하고 나누는 사람들이 있다는 것이죠. 하늘나라는 교회 안에서가 아니라 날로 교회 밖에서 자란다고 할 수 있습니다. 세상은 점점 '공정'을 말하고 실천하는데, 교회는 오히려 불공정한 담을 쌓고 있는 건 아닌지 근심이 앞섭니다.

적的

사위와 손녀가 지난 화요일에 스위스로 돌아갔습니다. 70여 일 동안 손녀 나루도 많이 자랐죠. 갓 태어나 코가 뭉툭하던 진돗개 한 쌍도 외견상 성견이나 진배없을 만큼 컸습니다. 진돗개 이야기를 꺼내는 것은, 그놈들도 사위를 따라 스위스로 이주했기 때문이에요.

첫 땐 강아지들을 데려다가 온갖 예방접종을 했습니다. 면역력 생성 유무를 국립동물검역원에서 마쳤지요. 그 서류를 바탕으로 스위스에다가 사전 동물 수입 허가서를 요청하느라 꽤 시간이 걸렸습니다. 수차례 동물병원에 드나들며 겪은 이야기도 한 보따리는 되지요. 여하간 그렇게 해서 지난 화요일에 풀롬과 미엣은 인천 공항에 도착했습니다.

공항 동물 검역소에서 출국 서류를 받아야 했기에 커다란 케이지에 담긴 개를 태우고 검역소 안으로 들어섰죠. 그동안 갖춰진 서류를 내보이는데 불쑥 진돗개 혈통 증명서가 따라 나왔습니다. 그 문건을 보던 검역원이 순간 얼굴이 굳어졌습니다.

"이 개 문화재청에 신고했습니까?"

"무슨 신고요? 서류를 만드는 동안 그런 이야기는 못 들었는데요?"

"진돗개는 국외 반출을 할 때 문화재청에 신고해야 합니다."

일순간 우리는 모두 굳어져 버렸습니다. 모든 게 헛수고로 돌아가는 순간이었죠. 우리 얼굴을 건너다보던 검역원이 내게 물었습니다.

"혹시 수의사십니까?"

"아닙니다. 목사입니다. 그리고 이들의 장인이며 할아버지가 됩니다."

나는 설쥐와 나루를 가리켰습니다.

"아니, 그럼 이 어려운 서류들을 민간인인 목사님 혼자서 쫓아다니며 갖췄다는 겁니까?"

"그렇습니다."

잠시 침묵이 흐르고 검역원이 나를 보면서 말했습니다.

"이렇게 전문'적'인 것을 민간인이 하셨다니 놀랍습니다. 우리나라에서 스위스로 개가 나가기는 처음이고, 문화재청에 관한 문제는 우리 소관이 아니니 출국 허가서는 만들어 드리겠습니다."

검역원이 쓱쓱 서류를 준비하는 데 족히 30분은 걸리는 것 같았습니다. 서류를 만들면서도 연신 "이 개가 스위스로 나가는 처음 개입니다"라고 말했습니다. 나는 그 말을 듣는 둥 마는 둥 하고 있었죠. 다른 생각에 빠져 있었기 때문입니다. 문화재청에 신고를 해야 한다고 했을 때, 그 난감한 순간에 우리를 구원해 준 말 중에 섞여 있던 그 '적的' 때문입니다.

'적' 자는 기형적입니다. 이 '적'은 아무 말에나 붙어 다니면서 모든 의미를 모호하게 만들죠. 마치 여자들 앞가슴의 브로치처럼 조금은 고귀한 기생물입니다. 사람들은 아무 데나 이 편리한 '적' 자를 갖다 붙임으로써 연막을 치기도 합니다. 유식을 포장하려고 들기도 하지요. 브리태니커 사전을 찾아보면 이 '적'은 영어의 'tic'에 해당하는 게 아니라 'of'와 같이 소유의 뜻을 나타내는 말이라고 되어 있습니다. 일본의 명치유신(도쿠가와 바쿠

후를 붕괴시키고 왕의 친정 형태의 통일국가를 형성시킨 근대 일본의 정치·사회적 변혁) 때 어느 학식 있는 이가 그 'tic'의 음인 '틱'과 비슷한 '적'이란 한자를 들이댔습니다. 그것이 그만 본래 tic의 세력보다 월등한 쓰임새로 세상을 활보하고 있는 거죠. 모든 것을 '적'으로 이야기하는 인텔리들에게서 이 말을 빼면 남는 게 별로 없을 것입니다.

내가 동물병원 수의사 선생님처럼 인텔 '릭'하게 보인 탓에 한국 역사 최초로 진돗개 두 마리가 스위스에 입양되었습니다. 그야말로 나란 존재가 너무나도 인간'적'으로 로맨'틱'한 존재가 아닙니까. 진돗개 두 마리가 레만호를 노닐며 나눌 러브 스토리를 상상해 보세요. 내 말이 어찌 과언이겠습니까!

찰리 채플린은 20여 년간 레만호에 머물며 석양의 호수, 눈 덮인 산, 파란 잔디가 행복의 한가운데로 이끌었다고 회고했습니다. 몽트뢰, 모르쥬, 로잔, 제네바는 스위스 레만호에 기댄 도시들이죠. 마을이 뿜어내는 매력은 단아하고 신비롭습니다. 호수 북쪽에는 예술가들의 흔적이 담겨 있습니다. 남쪽으로는 프랑스 에비앙의 알프스가 비껴 있습니다. 도시와 호수 사이로는 정감 넘치는 스위스 열차가 가로지르지요.

그곳에 우리의 진돗개 풀롬과 미엣은 여유 있게 거리를 거닐 겁니다. 그들이 걸을 때마다 내 마음도 같이 걷겠지요. 사위도 딸도 손녀도 멀리 있지만 결코 멀리 있지 않습니다. 늘 내 곁에 머물며 '적'으로 나타날 겁니다.

사람과 인간

"사람아!" 하는 말과 "인간아!" 하는 말은 그야말로 그 의미 면에서 하늘과 땅만큼의 차이를 지니고 있습니다. 인간 또는 인간적이라는 말은 타락한 말입니다.

산길을 가다가 갑자기 짐승이 숲에서 뛰쳐나올 때 우리는 "사람 살려!" 합니다. '나 살려!' 또는 '인간 살려!' 하지 않고 '사람 살려!'입니다. 이때의 사람이라는 말 속에는 이렇게 되어서는 안 되는 것에 대한 진실한 자기반성이 내포되어 있습니다.

보세요. 운전을 하다가 신호에 걸렸을 때, 교통순경을 보고 하는 말은 "인간적으로 한 번만 봐주쇼"입니다. "이 사람을 한 번만 봐주세요" 하지 않습니다. 인간적으로 봐달라고 합니다. 그때는 왜 자신을 두고 '사람'이라고 하지 않고 '인간' 또는 '인간적'

이라고 할까요?

'인간적'이라는 말은 '사람'이라는 언어가 타락한 것입니다. 신뢰와 기대가 사라져 버리고 오로지 거래의 관계로 돌아섰음을 뜻하기 때문입니다. "아, 인간적으로 한번 봐주시오." 이때의 인간적이라는 말은 진정, 정성, 진실, 정의, 이치와는 오히려 반대되는 뜻으로 타락의 용어가 되는 것입니다. 사람에게 틈이(인간) 생겼다는 것입니다.

사람이었다가 인간으로 돌변하는 세상입니다. 또는 그 반대의 경우도 있습니다. 인간으로 맺어졌는데 사람의 인연이 되는 경우죠. 사람은 관계의 연속입니다. 이것이 없으면 사람은 존재할 수가 없겠지요. 누군가의 누군가가 되어서 우리는 살아갑니다. 그 관계에서 인간인 경우도, 사람인 경우도 있지요. 대부분 인간인 경우가 많을 것입니다.

그런 관계가 어느 날 사람이 되는 경우 조금 살맛이 나지 않을까요? 부부 관계도, 부자 관계도, 친구 사이도, 스승과 제자 사이도, 직장 동료들도. 우리는 인간적으로 덤빕니다. 그러다가 사람을 발견하게 되지요.

조금만 더 관심을 가집시다. 사람을 발견할 수 있게요. 조금만 따듯해집시다. 그 인간에게서 사람을 볼 수 있게 말입니다. 서로에게 사람이 되어줍시다. 그래서 좀 더 따뜻하게 살자고요.

인간적으로 해야 하는 일은 고통스러운 일입니다. 사람답게 사는 게 훨씬 쉬울지도 모릅니다. 쉬운 것은 편안합니다. 행복하지요. 좀 더 사람다운 길을 가면서 좀 더 쉽게 삽시다. 서울 길로 떠나면서 떠오르는 오늘의 화두이네요.

피카소의 눈

예수와 예루살렘과는 대극입니다. 예루살렘은 그 당시, 한마디로 잘나가던 인간들이 살던 곳입니다. 주류 인간들의 사회 중심부였지요. 반면 나사렛이라는 동네는 참으로 별 볼 일 없는 마을이었죠. 여기서 예수는 주로 활동을 했습니다. 그가 만나는 인생들도 대부분 주변부였지요. 본인 자신뿐만 아니라 따르는 사람들조차도 눈여겨볼 만한 사람들이 없었습니다.

중심주의적 이데올로기라는 게 있습니다. 예수가 살았을 때의 예루살렘처럼 부·지배·권력 등을 중요한 가치로 여기고, 그런 것들을 체계적으로 추구하면서 주변부를 무시하는 이데올로기. 그게 바로 중심주의적 이데올로기입니다. 오늘날의 사회도 무의식적으로든 또는 노골적으로든 이러한 이데올로기를 추구합니다.

예수의 삶을 보세요. 그는 주변성에 바탕을 둡니다. 중심주의적 이데올로기는 악한 것으로 파악합니다. 보다 온전치 못한 것, 보다 약한 것, 보다 쓸쓸한 것들이 그의 주변에 있었습니다. 그리고 그것들을 그냥 지나치지 않았습니다. 늘 자신의 삶인 것 마냥 돌보고 안쓰러워했지요. 아프면 그 아픔을 자신의 것으로 삼았습니다. 슬프면 그 슬픔을 자신이 직접 목도했습니다. 한 가지도 남의 일처럼 보지 않았습니다. 자신의 일이었지요.

그는 중심주의적 이데올로기에 반기를 들었습니다. 그것을 폭로하며 자신의 주변성을 신념으로 삼으며 고수했습니다. 이것이 하나님 나라 공동체였지요. 예수는 중심주의 이데올로기에 강력하게 저항했습니다. 그는 가장자리 이데올로기, 주변부 이데올로기 삶을 살았습니다. 누구 하나 그에게 강요하지 않았지만 그의 삶은 그것이 너무나 자연스러웠습니다.

그런데 오늘날의 교회, 목사, 교인들을 보세요. 과연 어떤 삶을 살고 있습니까. 그토록 그들이 사랑하는 그 예수의 삶이 어디에 있을까요? 예수가 아주 자연스럽게 살았던 그 삶이 묻어 있습니까? 티 내지 않고 몸에 묻어나는 그 선한 삶.

오늘날 교회와 관련된 모든 사람들은 예수의 그 가치를 외면하고 중심주의적인 이데올로기에 함몰되어 있습니다. 어떻게든 중심에 들어가려고 기를 씁니다. 주인공이 되어 모든 걸 차지하려고 발버둥을 칩니다. 인정받지 못하면 마치 죽을 듯이 덤벼듭니다. 그들은 애시당초 예수가 확립한 주변부적인 가치를 중심주의 이데올로기에 갖다 바침으로써 항복을 한 것입니다. 더 큰 문제는 자신들이 그렇게 하고 있다는 것조차 모른다는 것입니다.

피카소의 그림을 보세요. 그는 대부분의 그림쟁이들이 그러하듯이 정면에서 사물을 보는 시선을 벗어납니다. 그는 바라보는 시선을 바꿨습니다. 누구나 보는 방향에서 보지 않았습니다. 누구나 보는 시선으로 보지 않았습니다. 누구나 그렇게 생각하는 것에 반기를 들었습니다. 다른 방법으로 사물을, 사람을, 모든 상황을 바라보았습니다.

때때로 그의 그림이 추상적이라거나 난해하다는 이들도 있지요. 무슨 그림인지 도통 이해할 수 없다고 합니다. 그런 그림이 무슨 의미가 있냐고 묻지요. 다층의 시야를 갖지 못한 외눈박이 또는 중심주의적 이데올로기에 취한 어리석음 푸념.

피카소는 우측, 좌측, 위, 아래, 뒷면, 정면 등 여섯 개의 시선을 동시에 하나의 화폭에 담았습니다. 가히 상상할 수 있는 것일까요? 그런 그림을 누가 생각해 낼 수 있을까요. 아니, 그런 삶의 시선을 누가 정립할 수 있겠습니까.

우리는 곧이곧대로만 보려고 합니다. 어떤 것이 됐든 우리의 사고에서 일탈하지 않고 늘 보던 대로만 보려고 합니다. 수만 가지의 시선으로 볼 수 있다는 것을 잊었지요.

예수는 다양한 시선으로 인생을 봤습니다. 그 앞에는 어떤 인생이든 용납이 됐습니다. 몸을 파는 여자든, 돈놀이를 하는 남자든, 어떤 죄인이든 의인이든 그 앞에는 동등했습니다. 피카소가 사물과 사람을 바라본 것처럼 말입니다. 어떤 시각에서든 한 인간의 아름다움을 볼 줄 알았던 것입니다. 피카소의 그림이 전체적인 것처럼 예수의 삶도 그러했지요. 다시 말해, 피카소의 시선은 예수의 시선이라고도 볼 수 있다는 말입니다.

살면서 우리는 정말 다양한 사람을 만납니다. 그리고 그 만남으로 인해 인생이 행복해지기도 하고 일그러지기도 합니다. 만남이 문제가 아니라, 그 만남을 대하는 본인의 자세로 인해서임을 잊지 마세요.

나도 오늘만큼은 가난하다

오늘 아침에 딴 물미역 한 상자를 택배로 보냈으니 바
다 냄새나 맡아 보세요.   - 울릉도에서 장대원

아침에 받은 휴대전화의 문자 메시지 내용입니다. 장대원은
우리 교회의 식구가 아니에요. 다른 교회에도 다니지 않습니다.
그는 기독교보다는 불교에 더 호감을 갖고 살지만, 불교인도 아
니지요. 행여 그가 기독교에 호감을 가졌다 할지라도 기독교인
은 될 수 없었을 것입니다. 그것이 그의 정신입니다.

우리 교회에는 나 말고 그를 아는 이들이 제법 많습니다. 그
를 아는 정도를 지나 그를 좋아하고 그의 삶을 흠모하거나 동경
하는 이도 있지요. 그와 잠깐이라도 함께 있어 본 사람들은 그에

게 반하고 맙니다. 뭐랄까, 가난한 행복이 뭔지를 그를 통해 알게 되기 때문입니다. 나는 그를 곧잘 희랍인 조르바라고 생각하는 때가 종종 있습니다.

그의 직장은 언론사였습니다. 아내도 있고 공부 잘하는 아들과 딸도 있지요. 종가집의 종손이기도 합니다. 그런 그가 마흔이 조금 넘은 나이에 회사를 그만두었습니다. 퇴직금으로 받은 일체를 아내에게 던져 놓고 그는 세상으로 나왔지요. 그리고는 동가숙서가식 하면서 살았습니다.

닥치는 대로 일을 하지만 그의 노동 행위는 더 벌기 위해서가 아닙니다. 그저 살아 있음으로 하는 생명 행위로서의 노동입니다. 많거나 적거나 감사함으로 받아 적절하게 아낌없이 씁니다. 아마도 '적절하게'는 그의 삶에 가장 적합한 단어인지도 모르겠어요.

지난번 우리 교회 교우들 몇몇과 울릉도를 방문했을 때였습니다. 그는 오랜 친구들을 만난 것처럼 처음 보는 이들을 그토록 환대해 주었습니다. 그가 사람을 공경하는 것을 보면 지나치다 싶을 만큼 진실과 사랑이 넘치죠.

유난히 눈이 많이 내린 지난겨울에는 홀로 절간으로 들어갔다고 합니다. 그리고는 한겨울 내내 눈만 쓸었다는 이야기를 들었습니다. 존경심이라는 말이 절로 떠올랐어요. 그저 눈 쓸어내는 일이 전부였던 거지요. 지난겨울 춘천에 내린 눈이 열네 번이라는 것까지 세고 있었습니다. 그 열넷이라는 숫자는 그에게 축복이었습니다.

그러다가 봄이 되자 그는 울릉도로 갔습니다. 지천으로 덮이는 산나물이며 막 피어오르는 바다나물. 그 모든 것들이 그립기도 하거니와 봄에는 산사에 눈이 내리지 않기 때문이었습니다. 그런 그가 오늘 아침 바다에 들렀던 모양입니다.

문자를 받고 전화를 넣었더니 이거니 저거니 군말 없이 하는 말이 "3일 동안 명이나물 밭을 맸더니 20만 원이나 벌었네. 그래서 그만 바다와 놀았지" 합니다.

'가난한 사람이 복이 있다'고 예수님이 말씀하셨습니다.

그러나 오해하지 말아야 합니다. 가난하게 사는 것이 복이라는 말씀이 아닙니다. 가난하게 사는 것은 그대로 가난입니다. 복이 있다는 의미의 가난은, 삶의 형편을 두고 하는 말이 아니라 가난하게 사는 사람을 이르는 말입니다. 가난하게 사는 사람이 복이 있는 것입니다.

세상엔 많이 갖고도 가난하게 사는 사람이 있고, 적게 갖고도 가난하지 않게 사는 사람이 있습니다. 그가 보낸 물미역을 기다리는 나도 오늘만큼은 가난합니다. 그러므로 복이 있습니다.

믿는 대로 사는 삶

지난달 모로코에 갔다가 자비량 평신도 선교사를 만났습니다. 그는 다니던 교회는 있지만 교회로부터는 일체의 지원을 사양하고 이슬람권에서 무역을 하면서 9년을 살았습니다. 왜 교회에 소속을 두고 지원을 받지 않느냐고 물었습니다. 실적주의에 매이고 싶지 않다고 했습니다. 자기가 믿고 해석하는 하나님과 예수에 대해 간섭받기 싫어서라고도 했습니다.

그가 보기에 한국 교회의 목회자들은 인간 개개인의 영혼이 진보하여 예수를 닮도록 신앙을 가르치고 보여주지 않는 것 같다고 했습니다. 그저 성과주의의 거미줄에 걸린 사업가의 수완을 십자가로 가리고 있다는 것입니다. 그러면서 그는 자신이 머나면 모로코에 살면서 어떻게 그리스도를 전하고 있는지를 들려주었습니다.

그의 말에 의하면 모로코는 이방인 또는 이방 종교에 대해서 결코 극단적인 배타주의가 아니라고 했습니다. 그들이 판단하는 기준은, 항상 믿고 따르는 바가 삶의 신실함을 동반하느냐에 있다는 것입니다. 예를 들면, 그가 공원에서 성경책을 읽으면 대부분의 모로코 사람들은 그에게 관심을 보인다고 합니다.

"무슨 책을 읽고 있어요?"

"성경이요."

"성경이 뭐예요?"

"당신들이 읽는 코란과 같은 경전이에요."

"거기는 누가 나와요?"

"하나님의 아들 예수그리스도요. 물론 하나님도 등장해요."

"우리하고 비슷하네요. 계속 들려주실 수 있어요? 아니, 저녁 때 당신 집으로 가도 돼요?"

"그럼요, 얼마든지 오세요."

그날부터 이슬람교도는 평신도 선교사 댁을 드나들기 시작한답니다. 선교사는 성경 이야기, 자기가 그리스도를 믿고 변화

된 이야기 등을 그에게 들려줍니다. 대략 3~4개월 정도 걸리지요. 성경 이야기가 거의 끝날 무렵이 되면 이슬람교도는 선교사에게 말합니다.

"그동안 말씀하신 것들을 삶에서 보여주실래요?"

그리고 그는 선교사가 했던 믿음의 이야기들을 삶을 통해 실제로 그렇게 사는지 한 6개월 정도 쫓아다니며 관찰한답니다. 어떤 때는 돈을 꿔 달라 하기도 하고, 어떤 때는 어려운 사람을 데려오기도 하면서 말입니다. 그렇게 한 6개월쯤 지나면 그 이슬람교도가 말합니다.

"당신이 사는 거 보니까 믿는 대로 사는 것 같네요. 그래서 나도 당신이 믿는 그 하나님을 믿어 보려고요."

그는 즉시 성경을 가져가 탐독을 합니다. 그런 사람들, 그런 방식으로 평신도 선교사를 통해 하나님을 믿겠다고 한 이들이 몇몇 나타나기 시작했다고 합니다. 그는 말합니다.

"이러니 어떻게 한국 교회가 바라는 대로 따박따박 올해는 몇 명, 내년에는 몇 명 전도할 거라고 할 수 있겠어요. 삶을 통해 내가 믿는 대로 사는 걸 보고 나서야 발을 옮기는 사람들인데요. 한국 교회가 바라는 것처럼 그런 식으론 전도가 되지 않아요. 한국에선 전도하는 사람이 똑바로 사는지 아닌지, 그가 믿는 대로 생활을 하는지 아닌지는 묻지 않잖아요. 무조건 몇 명 교회로 데리고 오면 상 주고 추켜세우고 그러잖아요."

그러면서 뼈 있는 말 한마디를 툭 던졌습니다.

"저는 이곳에 와서야 전도가 뭔지 알았어요. 그건 내가 믿는 대로 사는 삶이에요."

목사와 중과 무당

애니메이션 〈사이비〉의 마지막 장면이 관람자들을 곤혹스럽게 했을 것입니다. 기독교 신앙에 반대하여 광기의 폭력을 휘두르던 주인공. 거룩과 진실을 팔던 목사와 장로. 이들 모두 파멸에 도달했습니다. 영화는 다시 기도하는 장면으로 끝났지요. 대체 뭘 말하려는 걸까요! 누가 선이고 누가 악이며, 뭐가 신앙이고 뭐가 세속인가요!

〈사이비〉는 폭력으로 시작해서 폭력으로 끝났습니다. 그게 영화를 보는 내내 눈살을 찌푸리게 했을 수도 있습니다. 그런데 보자고요! 뭐가 사이비인가요? 폭력이 사이비입니다. 그렇다면 폭력은 주인공 남자에게만 있나요? 아닙니다. 기독교, 기독교인들, 목사나 장로가 믿는 신앙이라는 게 폭력입니다.

이들의 폭력은 무지에서 일어난 폭력이죠. 반대로 주인공의 폭력은 일상적인, 위장되지 않은 세상사의 욕망에서 기인하는 폭력입니다. 진실인 자연스러운 폭력과 거짓으로 위장된 폭력이 충돌한 것입니다. 이 둘은 모두 사이비입니다.

주일예배를 마치고 이순덕 장로님 댁을 방문했습니다. 올해 104세인 장로님이 요 며칠 곡기를 끊고 계신다고 전갈이 왔기 때문입니다. 다시 교회로 올라오는 길이었습니다. 회색 장삼에 회색 빵떡모자를 쓴 스님이 우리 쪽으로 걸어오고 있었습니다. 백담사, 낙산사, 신흥사 주지를 지낸 마근 스님이었습니다. 오랜만인데 세속의 조카 결혼식에 왔다가 방문했다고 합니다. 그는 조계종 최초의 사원인 건봉사 주지로 곧 가게 될 거라고 얘기했습니다. 그동안은 마음을 낮은 곳에 두고 가난한 이웃을 돌보며 살았다는 이야기 등을 전해 주었지요.

오대산에 아주 용한 무당이 한 분 있답니다. 굿을 하는데 한 번에 통돼지 일곱 마리를 놓고 하기도 한다는데요. 굿이 끝나면 그 음식들을 처치하기가 곤란하여 줄곧 마근 스님에게 연락을 한다고 합니다. 노인 요양원이나 가난한 사람들이 모여 사는 데 갖다 주라고 말입니다.

이렇게 굿하고 나오는 음식의 양이 매일 어마어마하답니다. 종류도 갖가지고요. 통돼지, 소머리, 북어, 쌀, 떡 등등. 지난 4~5년간 그걸 날라다가 구제를 했다는 것입니다. 그러고도 남아서 스님의 고향에도 통돼지 몇 마리를 보내 줬다고 하는데요. 가끔은 통돼지 다섯 마리를 벌여 놓는 큰 굿판을 주문하는 기독교인도 만난다고 했습니다. 무당에게 굿하러 온 기독교인은 거기서 만난 중에게 가만히 이른다고 합니다.

"어디 가서 말하지 마세요."

울리히 벡이 쓴 책 『자기만의 신』을 보면, 요즘 사람들은 무당의 신이나, 불교의 신이나, 기독교의 신을 믿는 게 아니라 '자기만의 신'을 믿는다고 했습니다. 뭐가 되었건 자기에게 유익하면 된다는 생각에서라는 것입니다.

이 시대의 믿음은 누구를 막론하고 자칫 사이비로 갈 가능성의 길을 열어 두고 있는 거지요. 자기 안에 내재되어 있는 폭력을 아무도 모르는 것입니다. 욕망이라는 잠에서 아직 깨어나지 못했기 때문입니다.

선線은 넘으라는 거다

캐스린 스토킷의 소설 『헬프』는 도저히 넘을 수 없는 선線이 반드시 넘어야 할 선으로 탈바꿈하는 기적을 그려낸 이야기입니다.

인종 차별이 극심했던 1960년대 미국 미시시피가 소설의 무대입니다. 작가 지망생인 스키터는 가정부 아이빌린과 미니가 단지 흑인이라는 이유로 부당하게 차별을 받으면서도 참고 사는 것을 지켜보면서 괴로워합니다. 그녀의 절친인 힐리는 유색인 전용 화장실을 집집마다 만들자고 합니다. 백인의 위생을 지켜야 한다고 주장하고 나서는 거죠. 결국 스키터는 마침내 폭발하고 맙니다.

스키터는 아이빌린에게 은밀하게 말합니다. 현실을 바꿔 볼 생각이 없냐고요. 당신들의 이야기를 소설로 출판할 수 있다면 허락해 주겠냐고 말입니다. 결국 스키터는 가정부들의 파란만장한 라이프 스토리를 타이핑하면서 낯선 감동을 느낍니다. 백인으로 태어나 항상 가정부를 끼고 살았던 그녀. 너무나도 익숙한 풍경이었던 차별과 억압의 에피소드들을 막상 당사자의 증언으로 직접 들으니 완전히 새로운 고백이었습니다.

3인칭의 머나먼 풍경이 1인칭의 생생한 고백이 되는 순간, 흑인과 백인 사이에 놓인 굵은 선은 희미해져 버립니다. 가정부 미니는 스스로 백인과 흑인 사이에 도저히 넘을 수 없는 선이 있다고 믿고 있습니다. 아이빌린은 속삭입니다.

"선은 처음부터 없었어. 사람들이 마치 처음부터 선이란 게 있는 것처럼 꾸며낸 거야."

붙박이처럼 곁에 붙어 있다가 쓸모가 없어지면 헌신짝처럼 버려지던 가정부들의 마음에 이토록 아름다운 이야기가 숨어 있다니…. 그들 사이에 존재한다고 믿었던 선을 뛰어넘으니 원래부터 그 선은 없었다는 게 밝혀집니다. 선이라고 믿었던 것이 날조된 선이었던 것입니다.

만약 흑인 가정부들이 스키터의 유혹 아닌 유혹을 받아들이지 않았다면 어땠을까요. 그녀들은 날조된 선에 걸려 평생을 살아야 했을 것입니다. 선을 넘는 일은 어렵고도 쉬운 일입니다. 선을 넘는 것은 갖가지 의무의 갑옷과 정해진 매뉴얼의 강박에서 벗어나는 일이기도 하지요.

소설 『헬프』와 같은 맥락을 가진 영화가 있습니다. 〈이보다 더 좋을 순 없다〉가 바로 그 영화입니다. 〈As Good As It Gets〉는 1997년에 미국에서 만들어진 영화입니다. 모두가 싫어하는 괴팍한 작가 멜빈과 병든 아들에 대한 의무로 자기 삶을 포기해온 식당 종업원 캐럴. 두 사람의 사랑을 다룬 제임스 브룩스 감독의 로맨틱 코미디 영화죠.

주인공 유달은 '내 것/남의 것'이라는 배타적 선 긋기를 통해 우아한 삶을 유지하며 삽니다. 내 것이 아니라며 이웃집 강아지를 쓰레기통에 버립니다. 외식 때마다 유달 전용 포크를 지참하지요. 보도블록이나 욕실 타일의 금조차 밟지 못하던 그. 그가 한 여자를 사랑함으로써 '당신을 위해서 더 좋은 사람이 되고 싶다'는 감정을 처음으로 느낍니다.

그녀의 사랑을 얻은 날, 그는 처음으로 금을 밟는 순간의 해방감을 느끼게 되지요. 밟는 순간 큰일날 줄 알았는데, 눈을 질끈 감고 금을 밟으니 비로소 새로운 세계로 나아가는 해방의 출구가 열렸던 것입니다.

세상의 곳곳에는 각종 경계들이 설치되어 있습니다. 이 경계들은 억압의 지도인 동시에 해방의 지도입니다. 사회의 모든 영역에 대해서 그렇습니다. 오늘날 금기의 경계, 넘지 말아야 할 사회적인 억압들은 바로 이 사회를 탈주할 수 있는 지도이기도 합니다. 너무 위험해서 어쩌면 모든 걸 잃을지도 모르는 선을 넘는 순간, 기적은 일어나는 것이지요.

마당을 나온 암탉

러시아의 문호 투르게네프는 인간의 유형을 '돈키호테형'과 '햄릿형'으로 나눈 바 있습니다. 물론 돈키호테나 햄릿이 어떤 인물인가에 대해 말하려는 것은 아닙니다. 『마당을 나온 암탉』과 같은 결코 가볍지 않은 동화가 이 두 인간 유형 중 어디에 속하는가를 이야기하려는 것입니다.

먼저 돈키호테형은 싸워 이길 수 없는 적과 싸우고, 잡을 수 없는 하늘의 별을 붙잡겠다고 외치며 돌진하는 유형입니다. 우리는 이런 유형을 '허풍형' 인간이라고 하죠. 현실 밖의 삶을 추구하는 형입니다. 반면 햄릿형은 "죽느냐 사느냐, 그것이 문제로다" 하면서 무언가를 끊임없이 중얼대는 유형입니다. 즉 돈키호테는 행동하는 인간 유형이고, 햄릿은 사색하는 인간 유형이라고 할 수 있습니다.

그렇다면 우리가 읽은 황선미의 『마당을 나온 암탉』은 어떤 유형에 속할까요? 그렇습니다. 돈키호테와 햄릿을 섞어 놓은 사색하고 행동하는 유형입니다. 사색과 행동이 생을 통해 구현되는 인간 형이지요. 이 돈키호테와 햄릿 형 인간 유형이 형성되는 이유는 그들이 살고 있는 지구적 특성 때문입니다. 대체로 남방은 사색보다는 행동을 앞세우고 삽니다. 물론 북방은 행동보다 사색이 선행되죠. 돈키호테가 그려지는 스페인이라는 남방, 햄릿이 놓인 덴마크라는 북방의 특성이 문학작품 속 등장인물에 고스란히 담겨 있는 거예요.

우리는 북방도 남방도 아닌 그 중간 지점에 생존 점을 갖고 있기에, 행동과 사색 그 어느 경우로도 기울지 않는 것입니다. 무척 섬세한 존재 양식이 발달된 거지요. 그래서 종합적인 문학 양식이 등장하게 되었습니다. 『마당을 나온 암탉』의 경우를 보더라도 매우 중층으로 이루어졌습니다. 행동하기 위해 생각하고, 행동 뒤에 사색의 세계가 펼쳐집니다.

이 점이 『어린왕자』, 『톰 소여의 모험』, 『허클베리 핀』이라는 모험적인 아동물과 다르다고 하겠습니다. 단순하게 10대의 탈주와 자유의 표상을 촉구하지만은 않는다는 겁니다. 『마당을 나온 암탉』은 우리에게 '라이프' 하라고 합니다.

사실 '라이프'는 우리말로 번역이 불가능할 만큼 오묘합니다. 라이프는 그리스 말 'Zoe'에서 나옵니다. '조에'라고 하죠. 여기서 파생된 게 'Zoo'입니다. 동물원 말입니다. 그러나 '라이프'에는 동물과 같은 원초적 삶만 있는 게 아니죠. '조에'와 비견되는 'Bios'라는 삶이 있는 거예요. 흔한 말로 '바이오' 말입니다. 원초적인 생물학적 생명 그게 'Zoo'예요. '조에'죠. 그런데 동물원에 구경하러 온 관객, 즉 문화적인 삶, 정치적인 삶, 사회적인 삶을 사는 구경꾼의 삶이 있는 거예요. 그게 바로 '비오스'입니다. 지금까지 인생들은 이 둘을 갈라놓고 이거 아니면 저거로 살아요. 동물처럼 살든지 사회적으로 살든지 말입니다.

그러나 『마당을 나온 암탉』은 조에와 비오스를 아우르는 생을 살라고 지시하는 거죠. 지나치게 사회화한 삶을 사는 이들은 동물처럼 사는 법을 배워야 하고, 너무 동물처럼 먹고 자고 즐기는 일에만 집중된 삶은 문화·정치·사회적으로 사는 법을 익혀 균형을 잡아야 한다는 겁니다. 비오스와 조에를 가르는 문화, 문명, 관성의 담장을 허물라는 겁니다.

요정의 세상

　　　　　　지난여름에 자살한 여배우의 죽음
이 뒤늦게 알려졌습니다. 미녀 대회 출신인 그녀는 연예인으로
활동하면서 큰 주목을 받지 못하자 우울증이 생겼다고 합니다.
한마디로 사람들이 많이 알아주지 않았다는 거죠.

　주목이 모자라 병이 되는 예는 얼마든지 있습니다. 반대로
주목이 지나칠 때 생기는 병도 있습니다. 전자를 '자기혐오'라고
하는 것이고, 후자를 '자아도취'라고 합니다. 보통사람들보다는
연예인이나 예술가들에게 더 많죠. 왜냐하면 그들은 남들보다
더 예쁜 자질이나 많은 재주를 소유하고 있다고 여기기 때문입
니다. 그러면 언제부터 사람들은 자아도취나 자기혐오라는 질병
을 앓았던 것일까요?

르네상스입니다. 개인을 우주의 중심에 놓게 된 이후부터 인간은 자기도취와 우울증에 시달리게 되었습니다. 르네상스 이전에는 인간에게 어떤 독특한 재능이 있다 해도, 남들보다 예쁘다고 해도 자기가 잘나서 그렇다고 생각지 않았습니다.

그리스 시대에는 인간의 재능이나 창의성이 나에게서 나오는 게 아니라고 생각했습니다. 나에게만 본시 주어지는 게 아니라 외부로부터 주어지는 거라고 믿었습니다. 그 외부를 요정이라고 생각했습니다. 그러니 내가 잘난 것은 요정의 힘 때문이지, 내가 뭘 어째서거나, 나만 어떻게 된 게 아니라는 말입니다. 나는 아무것도 아닌데 외부로부터, 즉 요정이 내게 남들과 다른 독특한 힘이라든지 외모를 넣어주고 만들어 준다는 것입니다. 그러니 잘난 체할 것(자아도취)도 없고 반대로 못났다고 실망할 것도(자기혐오) 없었던 거죠.

이 지혜로운 믿음이 재능 있는 사람들을 보호해 주었습니다. 아무리 위대한 작품이 나와도 요정의 덕이고, 아무리 형편없는 작품이 나와도 요정의 탓이었기 때문입니다. 우쭐대거나 거만할 필요가 없었고, 자살할 이유도 아니었습니다.

그런데 르네상스 이후 재능이나 빼어난 외모를 사유재산으로 취급하는 경향이 생기기 시작했습니다. '나는 왜 재능이 없지?' 하며 번민하는 일이 생겼습니다. '나는 너무 잘났어!' 하며 교만해지기 시작했던 겁니다. 우울증은 르네상스 이후 지나친 인간 중심주의가 낳은 산물입니다.

『콩쥐 팥쥐』의 이야기에서 콩쥐가 자살을 하지 않고도 잘사는 비결은 그의 어리석음을 두꺼비(요정)가 나타나 콩쥐의 난제를 명쾌하게 해결해 주는 데 있습니다. 인간의 재능과 외모란 콩쥐에게 나타난 두꺼비가 선사하는 선물과 같은 것입니다.

예수는 자기도취에도 자기혐오에도 이르지 않는 존재입니다. 바울도 신령한 존재가 된 이후로 자랑도 교만도 무화시킨 존재였습니다. 왜냐하면 그들에게 나타나는 모든 일들은 하늘로부터 또는 그 속에 들어와 있는 타자인 예수가 벌이는 일이었기 때문입니다. 예수님이나 바울의 생애는 요정이 지배하는 삶이었습니다. '하나님'이라는 요정 말입니다.

그런 사람은 자기혐오에 빠져 스스로 죽지 않으며, 자기도취로 인해 타자로부터 죽임을 당하지도 않습니다. 이것이 세상과 '내'가 다른 점입니다.

홀딱 벗고!

요즘은 새벽 4시 45분만 되면 날이 밝습니다. 어렸을 땐 새벽잠을 깨우는 아버지가 엄청 미웠습니다. 술 취한 사람처럼 휘청거리는 아이에게 부친은 소리를 질렀습니다.

"이놈아, 정신 차려라! 사방 천지가 푸른데 까딱하다간 사타구니에 그것도 파래질라!"

무슨 뜻으로 하신 말씀인지 지금도 알 길 없지만, 그 말에 그만 잠이 확 달아나곤 했습니다. 거기가 파래지면 안 될 것 같았기 때문입니다.

봄날 늦잠을 자면 거기 그게 파래진다던 아버지. 그 아버지가 그리운 요즘, 신기하게도 일찍 눈이 떠집니다. 어제 아침에도 그랬습니다. 485미터짜리 강선봉에 오른 시간이 아침 6시 10분이었으니까요. 천지를 물들이고 있는 연초록 빛깔에 안개조차 녹색이더군요. 숨을 쉬지 않아도 심장이 불쾌하지 않았습니다. 5월이 넘치는 숨을 내 대신 토해내고 있었으니까요.

사랑할 시간이 많지 않다고 구애의 목청을 높이는 새들. 그 부끄러운 몸을 감출 만큼 파란 잎이 하늘을 가득 가렸습니다. 새들이 항상 우는 줄 알지만 사실은 짝짓기 할 때만 열심히 울거든요. 짝을 맺기 위해 구애하는 그 울음. 얼마나 간절하겠습니까. 그래서일까요. 그 새소리 중에 불쑥 이런 소리가 들리는 겁니다.

"홀딱 벗고! 홀딱 벗고!"

아무리 시간이 없고 급하기로서니 홀딱 벗고 어쩌라는 겁니까. 홀딱 벗고 무엇을 어쩌라는 건지. 문득 "이놈아! 거기가 파래질라!" 하시던 아버지가 생각나더군요. 아침 6시 10분에 그 산 꼭대기에 누가 있겠어요. 그래서 홀딱 벗었습니다. 애절하게 벗으라는 그 소리를 어떻게 그냥 무시할 수 있겠습니까.

파란 바람이 휙휙 가랑이 사이를 왕래하더군요. 금세 거기, 그게 파랗게 변하는 것이었습니다. 바람이 파랬으니까요. 그래도 무섭지도 않더군요. 색에 익숙해진 나이 때문인지. 내 몸 전체가 그리 변한다 해도 아무렇지 않을 것 같았습니다. 마음속까지 그렇게 변했으면 좋겠다는 생각이 들 정도였으니까요. 저는 홀딱 벗었습니다. 가랑잎 사이로 숨어 소리치는 그놈에게 쏘아붙였습니다. 가랑이를 쫙 벌리고서 말입니다.

"야 임마! 니 말대로 홀딱 벗었다. 이제 어쩔래?"

다시 한 시간 반을 걸어 530.2미터짜리 검봉에 이르렀습니다. 몸도 마음도 다 벗어 던진 것처럼 가벼운 걸음이었습니다. 행복한 걸음이었죠. 비운다는 게 뭔지 느껴지는. 그놈은 여전히 내 앞에 나타나지는 않고 '홀딱 벗으라'고 유혹만 계속 해대더군요.

표백 세대

얼마 전에 어떤 교우에게 이런 이야기를 들었습니다. 그는 중학교 1학년짜리 아들과 아들 친구와 함께 셋이서 여름방학에 외국 여행을 갔습니다. 그런데 40일 동안 여행을 하는 내내 이 두 놈은 거의 말을 하지 않고 따라다니기만 했습니다.

거짓말 좀 보태서 40일 동안 그들이 한 말은 고작 40개도 안 되더라는 것입니다. 하도 기이해서 아들이나 아들 친구의 얼굴을 빤히 쳐다보면 그제야 "왜요?" 하고는 그만 입을 다물더라는 거였죠. 그러면서 하는 말이 "이런 애들을 무슨 세대라고 해야 하나요?"라고 내게 물었습니다.

글쎄요, R세대 Red Generation, X세대, 88만 원 세대, N세

대 같은 말들은 알지만, 교우 아들과 같은 세대를 뭐라고 불러야 하는지 아직 아는 바가 없네요.

'N세대'라는 게, Network＋New＋Next＋Newtype＋Netizen 이라고 하니 혹시 Newtype에 해당한다고나 할까요. 그러나 그것도 아닌 것 같습니다. 그래서 차라리 이런 아이들과 부모나 사회가 이해하기 힘든 행동 양식을 가진 세대를 '표백 세대'라 하는 게 어떨까 싶습니다.

'표백 세대'라는 이 말은 사실 장강명이라는 작가의 장편소설 제목입니다. 그에 의하면, 표백 세대는 어떤 사상도 완전히 새롭지 않습니다. 사회가 부모나 교사를 통해 전달하는 지배 사상에 의문을 갖거나 다른 생각에 빠지는 것을 낭비라고 생각한다고 합니다. 그러니까 의심이나 의문을 통해 창조성을 얻으려고 하지 않는다는 말입니다. 그렇게 살아 봤자 기존의 지배 사상이 얼마나 심오하고 빈틈없는지를 확인하는 것으로 끝나기 때문이라는 것입니다.

이런 표백 사상은 오로지 싼 노동력만 찾고 있는 이 완전한 세상에서 남보다 빨리 정답을 읽어서 체화하기 위한 표백의 과정만을 걸어왔기 때문에 생겼다고 소설은 말합니다. 그래서 표백 세대는 아무런 희망을 기대할 수 없는 세상에 저항하는 수단으로 자살을 선택한다는 것입니다.

흔히들 생각하는 대로 삶의 막장에서 어쩔 수 없이 하는 게 자살이 아니라, 위대한 일을 할 기회를 박탈한 세상에 극단의 저항으로 자살을 한다는 것입니다.

그러나 나는 그 누구에게도 말하지 못합니다.

"당신 아들이 혹시 표백 세대가 아니오?"

"이 세대가 바로 표백 세대요."

이렇게 말입니다.

여기서 뛰어내릴 수만 있다면

꼭 주부가 아니더라도 좋습니다. 지금부터 내가 하려는 이야기는 살림에 관한 이야기가 아니라 이 시대를 살아가는 인간들의 존재 방식에 대해서 말하려고 하는 것이니까요. 저도 여러분과 함께 우리집 냉장고를 열어 보도록 하겠습니다.

보통 냉장고의 위 칸은 냉동실이고 아래 칸은 냉장실입니다. 먼저 냉동실을 열어 보세요.

검은 비닐 봉투가 여러 개 보이지 않습니까? 아마도 거기엔 정체 모를 고기가 얼어붙어 얼음인지 고기인지 헷갈리게 할 겁니다. 당연히 그게 소고기인지, 돼지고기인지 아니면 닭고기인지는 아무도 알지 못합니다. 이제 그 봉다리의 정체보다 더 곤혹스러운 일은 그게 도대체 어느 시절의 고기인지 아리송하다는 것입니다.

만두와 가래떡 썬 것은 어떻습니까? 만두는 이미 냉동에 냉동을 지나 이게 만둔지 돌인지 모를 지경이 되지 않았습니까? 가래떡은 얼다 못해 빙하처럼 쩍쩍 갈라져 있을 거고요. 이런 것들은 좀체 발견되지 않다가 새로운 것을 넣을 때에야 거기 그게 있었다는 걸 알아채게 됩니다.

이제는 냉장실로 한번 가 봅시다.

공장에서 오래 보관해서 먹으라고 플라스틱에 담아 포장한 식품들이 즐비하지 않습니까? 플라스틱 생수병, 플라스틱 케첩통, 플라스틱 들기름 병, 플라스틱 체리 상자 등등 온통 냉장실 안에는 식음료를 포장한 플라스틱들이 넘쳐납니다. 심지어 호박마저도 진공 포장되어 채소 칸에 들어앉아 있습니다. 플라스틱통에 있는 먹다 남은 오이는 이제 쭈글쭈글해지다가 곰팡이가 살짝 피어 있습니다. 어떻든 냉장실도 대형마트에서 사온 플라스틱 통들이 가득 앉아 있습니다.

"오늘날 냉장고는 인간다운 삶을 가로막는 괴물이다."

어느 철학자의 말입니다.

왜냐하면 이렇게 저장해 두고 먹어서 이웃과의 나눔이 끊어졌기 때문입니다. 피차 나눌 필요가 별로 없습니다. 이웃집의 그게 우리집에도 늘 보관되어 있기 때문입니다. 우리집에 없는 게 다른 집에 있을 가능성도 없습니다. 대형 마트에 가면 누구나 다 같은 걸 사다가 저장해 놓고 먹을 수 있기 때문입니다. 그러니 이웃과 소통할 필요가 없는 겁니다. 그저 대형 마트와 냉장고 사이를 오가면 되는 것이죠.

넣을 공간이 조금 모자란다 싶으면 새로운 냉장고를 또 하나 들여놓으면 됩니다. 냉장고와 냉동고가 분리된 최신형 기계를 사면 되는 일입니다. 이게 이웃과의 관계만을 단절하는 게 아닙니다. 그 자신의 건강, 조화로운 몸의 균형도 단절시켜 고통을 유발합니다. 생태의 문제, 재래시장과의 관계 등은 두루 말할 필요도 없습니다. 이 시대를 사는 모든 사람들의 생존 중심에는 알게 모르게 냉장고가 턱 하니 버티고 있습니다.

TV에서는 그 집의 살림살이 규모와 경제 빈부의 가늠자가 냉장고인 양 선전을 합니다. 품위 있는 주부는 무슨 무슨 냉장고라든지, 현명한 주부가 선택하는 어떤 어떤 냉동고라는 선전 문구가 그것입니다. 그리고 대다수 인생들은 부엌 한가운데 당당

학곡리 364-2번지

하게 서 있는 이 냉장고를 자랑스러워하기도 하고 부끄러워하기도 합니다. 이러니 이 시대의 온갖 폐단이 냉장고에 응축돼 있다고 말하지 않을 수 있겠습니까?

냉장고의 폐기, 혹은 냉장고의 용량 축소!

여기서 뛰어내릴 수만 있다면, 이 시대 우리에게 닥친 마귀의 유혹에서 이기는 길이 될 것입니다. 광야의 수련을 마친 예수가 마귀의 시험을 물리쳤던 것처럼요!

헛기침의 영성

엊그제 서울을 가다가 잠깐 공중화장실에 들렀습니다. 좌변기에 앉아서 볼일을 보는데 갑자기 내 옆에서 휴대폰 신호음이 요란하게 울렸습니다. 그러더니 동시에 세 사람이 대화를 시작했습니다. 똥을 싸면서, 전화기에 대고 밥 먹었냐고 물으면서, 가관이 따로 없었습니다. 일상사를 나누는 대화가 가히 장관이었습니다. 나오던 똥이 도로 들어갈 지경이었죠.

옛날엔 노크라는 게 있었습니다. 서양식 예절이라고는 하지만 자못 노골적인 방식이지요. 우리네 헛기침에 비해 그렇다는 뜻입니다. 이건 에둘러 하는 암시였어요. 그래도 노크나 헛기침은 오늘날 휴대폰에 대면 에헴 수준일 뿐이지요.

한국청소년정책연구원에 따르면 0~5세 영유아 중에 26.4퍼센트가 3세에, 23.6퍼센트가 1세에 처음 스마트폰을 사용한다고 합니다. 만 3세가 되기 전인 평균 2.27세에 이미 스마트폰 버릇이 들기 시작한다는 것입니다. 그 스마트폰 버릇이라는 게 결국 이겁니다. 똥을 싸는 중에 전화기에 대고 말하고, 웃고, 화내고, 밥 이야기하는 거 말입니다.

내 나이 세 살 때는 봄날 개구리가 알 낳는 걸 보느라 물속 어미 개구리를 한나절 동안 엎드려 보던 버릇밖에는 없습니다. 이게 세 살 때 터득한 우주 만물과의 소통법입니다.

이제 나는 나에게 어울리지 않는 휴대폰 하고 작별을 하려고 합니다. 언제부터 이것이 내 옆에 착 달라붙어 살기 시작했는지. 이게 없으면 왜 이리 허전했는지. 마치 뭐가 하나 잘려 나간 것처럼 말입니다. 나는 새해부터는 일절 휴대전화를 내 몸에 소지하고 다니지 않을 겁니다. 아예 싹 치워 버릴까도 했지만, 그동안의 습성이 고약해서 말입니다. 그렇게는 못하고 집에다 처박아 두고 저녁에만 한 번 삐끔 볼 작정인데 말입니다.

이제 나는 머지않아 예순 나이가 됩니다. 그러니 내 나이 세 살 때부터 터득했던 우주 만물과의 소통법을 버리고 괴물 같은 휴대폰에 더 이상 매달릴 수는 없는 노릇이지 않습니까. 언제부터 이 물건이란 게 모든 걸 바꿔 놓았단 말입니까? 이게 없으면 허전하고 뭔가 소통이 안 되는 느낌이 들었단 말입니까?

우선 그 잃어버린 헛기침을 복원하려고 합니다. 천 리 밖에서도 들을 수 있게. 듣고 무슨 뜻인지 알 수 있게. 헛기침의 영성을 꼭 되찾아 보고 싶습니다.

헛기침의 영성을 위하여!

그 영성이란 게 별 거 아닙니다. 놓을 줄 알면 되는데 그게 안 되는 거지요. 우리가 갖고 있는 사물. 그중에 이 휴대폰이라는 것이 아주 많은 부분을 차지하고 있습니다. 그게 없으면 삶이 도망쳐 버린 것처럼 느껴지니 말입니다. 많은 사람과의 관계가 끊어진 것처럼 여겨지니 말입니다.

헛기침의 영성을 꼭 찾으려 합니다. 이게 내가 새해부터 휴대폰을 쓰지 않으려는 변입니다.

신 무탄트 기행

    지난 2월에는 아흐레 동안 무탄트 메신저의 심정으로 히말라야 랑탕 코스를 트레킹 했습니다. 물론 독단으로 히말라야를 걸어 보려는 생각은 했습니다.

    '언젠가는 한 번 가 보고 싶다'는 마음은 있었지만 혼자서는 엄두가 나지 않았죠. 여럿이 어울려 가기에는 여건이 맞지 않았습니다. 그런데 마침 건설회사를 경영하는 우리 교회의 정세환 장로가 임직원들의 팀 스피릿을 위해 히말라야를 간다고 하기에 따라나섰던 겁니다. 그러자 오래전에 읽었던 『무탄트 메시지』가 생각이 났습니다.

    하나님이 최초로 창조한 사람들이라 불리는 호주 원주민인 '참사람' 부족이 있었습니다. 그들은 자연과 조화를 이루며 살았습니다. 모든 생명체가 형제이며 누이라고 믿는 이들입니다. 문명인들은 문명의 돌개바람과 함께 몰려와 어머니의 대지를 파헤쳤습니다. 강을 더럽히고, 나무를 쓰러뜨렸죠. 그들을 보면서 원주민들은 '돌연변이'라고 했습니다. 이 돌연변이가 그들의 언어로 '무탄트'입니다.

돌연변이란 무엇입니까? 그것은 기본 구조에 중요한 변화가 일어나 본래의 모습을 상실한 존재를 가리킵니다. 백인들과 타협하지 않은 마지막 원주민 집단으로 알려진 참사람 부족. 그들은 걸어서 호주 대륙을 횡단하기로도 유명합니다.

이 책의 저자인 말로 모건은, 참사람 부족이 엄선한 무탄트 메신저로서 이들과 함께 넉 달 간의 사막 도보 횡단 여행에 참가하게 됩니다. 그 후 모건은 책을 통해 세상의 문명인들에게 참사람 부족이 전하는 메시지를 기록합니다. 과학 문명만을 사회 진화로 추구하는 세계와 사람들에 대한 일침이 가득합니다.

그중에 하나를 걸러 보면, 단연 '무엇이 문명인가?'입니다. 참사람 부족에게 문명이란 적게 일하고 많이 쉬는 것입니다. 그러나 소위 과학 문명 세계의 사람들은 많이 일하고 조금밖에 쉬지 못합니다. 그들의 눈에 비친 과학 문명의 사람들이 되레 비문명인이라는 것이죠. 문명인인 척하는 비문명인인 우리를 일컫는 그들의 말이 바로 '무탄트'입니다.

따라나서 보니 정 장로님의 주식회사 대양은 이번만이 아니라 거의 해마다 사람을 위한 스피릿 프로그램을 진행하고 있었습니다. 기업의 생산성을 높이고 재정적인 이윤을 극대화하려는 조직적 차원의 독려와 강화만이 아니었습니다. 기업의 이름을 걸고 그 조직원이 참여하는 행위이니 전혀 그런 결과와 목표가 없다고는 볼 수 없겠지만 말입니다.

사실 1960년대만 해도 우리나라뿐만 아니라 전 세계의 기업인들은 '이윤 추구'라는 외길을 향해 100미터 달리기선수들처럼 달리기만 했습니다. 그때 기업이 즐겨 쓰던 용어가 '관리'였습니다. 경영이 곧 관리와 동의어가 되었던 셈입니다. 인사 관리, 물품 관리, 품질 관리, 고객 관리. 관리가 기업의 관건이었습니다.

그러나 기업을 한자로 써 놓고 보면 그렇지 않습니다. 기업企業의 기企 자는 사람 인人 밑에 멈출 지止를 써 받치지 않았습니까? 풀어 보면, 사람이 제 갈 길을 찾기 위해서 발뒤꿈치를 들어 멀리 앞을 내다보고 있는 형상입니다. 앞일을 생각하고 꾀한다는 말이죠.

그러니 기업을 한자 뜻대로 한다면 그저 바쁘게 뛰기만 하는 게 아니라 수시로 멈춰 서서 자기의 갈 길을 선택하고 판단하는 사람, 남보다 많이 생각하는 사람이라는 뜻입니다. 그게 기업입니다. 그런 사람을 만드는 일이 기업하는 사람의 책무이며, 그걸 잘하는 사람이 유능한 기업인입니다.

그런 의미에서 우리 교회의 정세환 장로는 유능한 기업인입니다. 기업의 목표를 수익성만이 아니라 샘솟는 물줄기처럼 성취감을 쏟아 내려는 인간 정신에 두고 있으니 말입니다. '목구멍에서 생기는 것이 경제요, 머리에서 생기는 것이 가슴이라면, 가슴에서 생기는 것이 문화다'는 말을 그는 진정으로 알고 있는 것입니다.

교교함에 대하여

짚방석 내지 마라 낙엽엔들 못 앉으랴

솔불 혀지 마라 어제 진 달 돋아온다

아희야 박주산채薄酒山菜일망정 없다 말고 내어라

　

글씨 잘 쓰기로 유명한 한석봉의 단시조입니다.

아무리 가난한 사람도 달을 쳐다보거나, 달빛을 쬐고 있거나, 달빛 아래 있으면 이렇게 신선이 됩니다. 우리네 조상들은 단지 인생사의 빈부를 오로지 주머니에 들고나는 엽전의 양과 부피에만 두지 않았죠. 비록 남의 집 종살이를 하고 있어도 달이 차면 달라졌습니다. 보름달이 솟으면 계수나무 토끼며, 은하수를 건너는 조각배를 타고 거친 인생사를 건너 현실의 풍요에 당도하곤 했었습니다.

그 보름달 아래 세상 사는 시름을 잊고 먼 곳에 있는 행복을 꿈꾸었습니다. 그 행복이 멀리 있다 해도 가슴속 깊이 품으려 희망으로 하루하루를 살았습니다. 그 희망으로 결국 인생은 아름다울 수 있었지요.

서양의 영웅들은 태양을 우러러보며 도전과 호기의 발톱을 세웠습니다. 그럴 때에 우리는 팔월 한가위, 정월 대보름의 밝고 맑은 기운 속에서 강강술래와 답교놀이를 하며 남녀가 어울려 사랑의 물레방아를 돌렸습니다. 그들이 밝은 낮의 태양을 휘감고 있었다면 우리는 어두운 밤의 달을 환하게 품음으로 미래를 설계했습니다.

제아무리 달빛이 밝다고 해봤자 투명한 유리에 반사되는 호롱불에 미치지 않을 것입니다. 훨훨 타는 관솔불에 비교되지 못하며, 근자에 등장한 전등이며 휘황찬란한 네온사인에 비할 수 있었을까요. 그 어떤 불빛도 그 불빛보다는 휘황찬란한 게 자명한 사실입니다. 더구나 전구의 혁명이라는 LED의 망령에 달빛은 차라리 같잖은 빛입니다.

그러니 이 세대가 '교교하고 맑고 밝은 달빛'이라는, 정과 심미로 축조된 정의 언어를 알리 있겠습니까! 언어는커녕 그 빛을 느끼는 감정이라도 있을랑가요.

느랏재에서 명봉까지 산길을 걸었습니다. 봄밤이었고 달빛 아래였습니다. 지난밤 이후로 거듭 쓰는 언어지만, 달빛이 가랑 잎에 미끄러지고 경사면을 굴러 산 아래로 쏟아지고 있었습니다. 그 빛들이 평지에 도달하자 비로소 갖가지 꽃들로 피어나는 그런 달밤이었죠. 그 빛은 태양처럼 환하지는 않았지만 고요하게, 느긋하게 사물들을 비추고 있었습니다. 서두르지 않고 천천히 전체를 환하게 보여주고 있었죠.

봄밤과 달빛에 흥분하고 취한 혼이 툭툭, "교교합니다" 해도 누구 하나 그 교교함에 대해서 입을 열지 않았습니다. 그 교교함의 뜻을 모를 리야 없지만, 실로 그 말의 깊이가 가늠되지 않았기 때문입니다.

교교함, 그것은 단지 밝고 맑은 빛만이 아닙니다. 그것은 정이며, 사랑이며, 흥분이며, 감싸 안음이며, 현실의 빈궁을 넘어서는 부유며, 찰나의 생을 건너가는 영원의 조각배입니다. 화끈하게 밝히는 사랑이 아니며, 남몰래 숨기는 짝사랑 같은 수줍음입니다. 대놓고 말할 수 없는 애틋한 욕망입니다. 감출 수밖에 없는 진실한 사람의 속 모습입니다.

그러니 전등 밑에서 웅크리고 욕망을 도모하는 군상들이 저 깊은 산중 달빛의 교교함을 어찌 알 수가 있겠습니까!

고랑과 이랑

예배당 주변에 귀때기 땅 몇 평이 있습니다. 지난가을에는 튼실한 배추 400여 포기를 수확했으니, 아주 작다고만 볼 수는 없습니다. 어느 해에는 청년들이 밭을 경작하고, 또 어느 해에는 여 선교회가 농작물을 심고 가꿨습니다. 고추도 심어 보고, 깨도 심고, 고구마며 옥수수도 심지요.

가급적이면 2모종 수확을 합니다. 봄에는 강냉이를 심어 여름에 따 먹고, 장마가 지고 나면 김장용 채소를 심어 김치를 담그는 식이죠. 요즘은 들깨 모를 심는 철입니다. 물론 기대한 만큼 농작물이 잘 자라지는 않아요. 생전 처음 강냉이 씨앗을 땅에 심고, 새싹이 자라는 걸 본 이들도 있습니다. 그러니 어찌 이들의 손에서 농작물이 잘 자라길 바라겠습니까.

웬만하면 밭을 없애고 주차장으로 쓸 수도 있었을 것입니다. 십수 년째 경작용 토지로 구분지어 놓고 있는 중이지요. 농사란 또 다른 하나님의 말씀이라는 생각에서입니다. 요즘처럼 옥수수 대궁이 굵어지고 붉은 수염이 돋을 즈음 솥에서 김이 무럭무럭 나는 삶은 옥수수를 기다리는 나날도 즐겁기만 합니다.

금년 봄에는 김 목사가 옥수수 씨앗을 넣었습니다. 생전 처음 해본 거라고 했어요. 어느 날 아침 출근하면서 항상 귀때기 밭을 거쳐 사무실로 들어서던 그는 탄성을 질렀습니다.

"목사님, 제가 심은 옥수수가 싹을 냈어요!"

마치 자신이 대지를 뚫고 올라온 옥수수의 새싹인 양 그렇게 소리를 질렀습니다. 그러나 봄이 익어 갈수록 가뭄도 깊어졌습니다. 예쁘게만 보이던 옥수수 새싹은 비실비실 말라 갔지만 우물과 멀리 떨어져 있어서 물 댈 엄두도 내지 못했습니다. 씨앗을 심은 김 목사가 몸이 달아 물을 퍼다 밭에 뿌리자고 했습니다. 모르고 하는 말이에요. 물이 밭에서 먼 탓도 있었지만, 봄에 밭을 일굴 때 이랑과 고랑을 정확하게 만들지 않았던 탓이기 때문입니다.

농사를 지어 보지 않은 이들은 이랑은 뭐고 고랑은 뭔가 할 것입니다. 혹시 그 말이 그 말 아니냐고 할지도 모르겠어요. 하지만 아니에요. 이랑과 고랑은 서로 다른 형상을 이르는 말입니다. 농사짓는 솜씨가 달라지고 농사마저 사라질 지경이 되니 농사에 딸린 말도 더불어 사라졌습니다. 극정이, 쟁기, 써레, 곰배…. 누가 이 말들을 알아들을까요?

밭농사는 반드시 고랑과 이랑을 만들어야 합니다. 흙을 갈아 엎어서 흙을 보드랍게 한 후에 고랑에서 퍼 올린 흙으로 이랑을 만들어 씨앗을 넣거나 모종을 옮겨 심는 것입니다. 그러니까 밭에 심는 모든 것은 이랑에 심어야 하는 거죠. 그냥 밭에 씨앗을 심는 게 아니라, 밭이랑에 심어야 한다는 말입니다.

그럼 고랑은 뭘 하는 걸까요? 제 흙을 이랑에 넘겨주고 스스로 낮아져 이랑의 남새와 곡식을 자라게 하는 바람, 공기, 물 같은 것들을 담거나 내보내는 일들을 합니다. 그러니 곡식을 심기는 이랑에 심고, 키우기는 고랑이 하는 것이라 할 수 있겠죠.

그런데 예배당 귀때기 밭은 봄에 삽으로 굳은 땅을 일굴 때 힘들다고 이랑을 높이고 고랑을 깊게 파지 않았습니다. 그냥 흙을 파헤쳐서 씨를 심기만 하면 되는 줄 알았기 때문이에요. 물이 고일 고랑이 없으니 물을 퍼다 밭에 쏟는다 해도 물이 담길 수 없는 것입니다. 여러 날 장맛비가 내렸는데도 금년에 김 목사가 심은 옥수수는 맛볼 수 없을 듯싶습니다. 고랑을 짓지 않았으니 말이에요.

고랑과 이랑이 주는 통찰은 각 사람이 공동체 안에서 어떤 역할과 관계를 갖는가에 확장된 깨달음도 줍니다. 서로가 고랑과 이랑의 역할을 충실히 해내야겠지요. 그것을 분명히 해야 할 것입니다. 누구도 탓할 게 못 됩니다. 둘 다 꼭 필요한 것이니까요. 꼭 존재해야만 하는 것들이지 않습니까.

튼실한 생명을 길러내는 밭은 고랑과 이랑이 분명할 때 가능한 것입니다. 반드시 알고 있어야 할 것입니다. 교회라고 다르지 않을 것입니다.

돌담, 반 개방성의 개방성

싸늘한 돌담에 기대서서 그대가 보낸 편지를 생각한다.

어제 불던 바람과 마른 풀꽃 이름, 붉게 물든 하늘이
접혀 있고

내 옷자락 끝 강물은 어디만큼 흘러갔는가.

지난날 그대와 나는 버선발로 사뿐히 걸어와서 마주쳐도

깜짝 놀라고 두 눈 꼭 감아도 알아맞히는 푸른 길이
있었지

　　　　　　　　　　　- 서지월 「돌담에 기대어 서서」

시인에게 돌담은 과거형이 되어버린 영상과 자막을 현재로
복구시키는 재료입니다. 그렇다고 시인만이 단절과 경계의 돌담

을 회상의 통로로 쓰는 것은 아닙니다. 서구 문명은 성벽의 문명이었습니다. 서구의 모든 문명은 성벽 안에서, 벽돌과 석회로 된 요람 속에서 비롯되었습니다. 이 성벽은 분리와 지배, 나라와 나라를 가르는 경계, 지식의 독점과 무지의 복종, 자연과 인간을 가르는 것이었죠. 이 성벽을 사이에 두고 두 개의 갈등 집단은 항상 맹렬한 투쟁을 했습니다.

인도는 성벽과 같은 대립의 문명이 아니라 숲의 문명이었습니다. 그들은 그저 자연에 둘러싸인 채 사고하고 철학하며 신앙하는 삶을 살았습니다. 자연의 옷을 입고, 또 그 자연의 온갖 모습과 자신들을 일치시켰죠. 경계와 단절, 지배와 피지배가 아니라 자연과의 끊임없는 접촉을 위해 광대, 포괄, 상호 침투, 조화의 음악처럼 살았습니다. 땅과 돌과 빛과 열매와 꽃들과 조화하는 전일성全一性의 문명이었죠.

서구 사람과 인도 사람의 사고로는 이해 불가능한 것이 우리네 돌담이나 울타리입니다. 아무리 가난하고 쓰러져 가는 초가일망정 담이 없거나 울타리가 없는 경우는 거의 없습니다. 그것은 서구의 지배 사고로는 이해 불가능한 것이었습니다. 인도의 인간과 자연의 무경계주의로서도 인식 밖이 됩니다.

산이 겹겹으로 둘러싸여 있는 나라에서, 골짜기 골짜기가 이미 높은 성벽 구실을 하거나 자연 그 자체인 나라에서 무엇 때문에 돌담과 울타리를 쳤을까요? 고립과 분열 그리고 지배와 투쟁의 역사 의식적인 생존물일까요? 아닙니다.

우리의 돌담은 폐쇄와 개방의 중간쯤에 있습니다. 밖에서 들여다보면 그 내부가 반쯤 보이지 않던가요? 이런 성벽이 어디 있단 말입니까! 우리는 늘 그 토담 너머로 다른 집의 마당가에 핀 맨드라미꽃이나 해바라기를 보았습니다. 사립문을 밀고 나오는 그 집 아낙의 상반신도요. 그렇다고 담 너머의 풍경을 대놓고 볼 수 있는 것도 아니었죠. 그 풍경이란 보일락 말락의 중첩이었습니다. 이를테면 '반 개방성의 개방성'이라고 할까요! 그게 돌담이었고 울타리였습니다.

빨간 고추잠자리가 앉아 있는 사립문, 푸른 넌출에 반쯤 가려진 하얀 박들이 매달려 있는 돌담의 풍경은 리얼리티라기보다는 몽상이었습니다. 실제의 세계에 설치된 가상의 의식이며, 실용의 세상을 가로지르는 이상의 공간이었습니다.

도둑이 도둑의 마음을 도둑맞을까 두려운 게 돌담이었으니 도둑을 막기 위한 것도 아니었습니다. 만약 짐승을 막으려고 돌담을 둘렀다면 담 한구석에 일부러 낸 그 개구멍은 무엇으로 설명한단 말입니까? 담이 있다 해도 결코 그 담의 반발적이거나 고립적인 이미지는 애시당초에 없었습니다. 그저 심심해서 그어 놓은 금 정도라고나 할까요.

이 돌담의 반 개방성, 그것은 분열이면서 통일이고, 고립이면서 소통이며, 폐쇄이면서 동시에 개방이었습니다. 이 어렴풋한 돌담의 경계선, 말하자면 성벽의 문명과 숲의 문명 중간에 있는 돌담은 이 땅에 사는 생명들의 생존율이었습니다.

그러나 이제는 모두 부질없는 옛날 이야기입니다. 우리는 돌담 대신 철옹성 같은 벽을 쌓아 올린 채 갈등하고 투쟁하고 있습니다. 사회 어느 분야건 예외가 아닙니다. 생존의 현장에는 피를 흘리며 고꾸라지는 쪽과 그걸 기쁨으로 취하는 야만이 득실거립니다.

잃어버린 '돌담'을 찾아 길을 떠나야 할 아침입니다.

달걀 꾸러미의 미학

새벽같이 서울에 다녀왔습니다. 시원하게 잘 뚫린 고속도로가 있지만 맹맹하기 그지없는 길을 가기 싫어서 늘 국도를 이용합니다. 가평 어디쯤이었던가 봅니다. 오줌이 마려워 차를 세웠습니다. 추수가 끝난 빈 들판의 복판에 섰습니다. 논바닥엔 탈곡을 끝낸 볏짚이 어지럽게 널려 있었습니다. 까칠하지만 해탈한 얼굴들이었습니다.

오줌을 털다 말고 주섬주섬 볏짚을 모아들었습니다. 가평 장에 들러 달걀도 한 판 샀습니다. 집에 도착하자마자 볏짚에 물을 뿌려 눅눅하게 만든 다음 가지런하게 추렸습니다. 짚의 일부로는 새끼를 꼬았습니다. 물을 먹어 눅눅해진 짚으로는 달걀 꾸러미를 만들었습니다. 내 나이 아직 열 살도 안 되었던 초등학교

저학년 때, 5일장에 가야 하는 어머니를 위해 만들던 그 솜씨를 발휘했지요.

사실 달걀 꾸러미는 '꾸러미'라는 포장의 개념보다는 달걀이 들어 있던 '둥지'의 구실이 앞섭니다. 습기를 막아 주고 충격을 완화하는 기능이 없지는 않지만, 달걀 꾸러미는 가장 포근하고 안전한 달걀의 집, 제2의 둥지와도 같습니다.

달걀 꾸러미는 반 개방성을 지니고 있습니다. 안전하게 포장을 하려면 꾸러미의 절반만 짚으로 두르지 말고 모두 감싸듯이 짚을 덮어 달걀을 싸야 옳습니다. 그러나 우리네 달걀 꾸러미는 반만 싸고 반은 그대로 두어 밖으로 드러나게 하는데 회화적 의미가 있습니다.

왜 반만 쌌을까요? 기능만을 생각했다면 일본 사람들의 달걀 꾸러미처럼 다 싸는 게 안전했을 겁니다. 그렇게 했다면 포장으로서의 기능은 충족되었겠지요. 하지만 달걀의 형태와 구조가 가려져서 그 의미를 상실하게 되었을 겁니다. 그러면 달걀의 정보성과 언어성이 사라지게 되겠죠. 달걀 꾸러미를 반 개방성으로 하지 않고 완전히 뒤집어 싼다고 생각해 보세요. 듣는 것만으로도 확, 신경질이 나지 않습니까?

달걀 꾸러미를 반만 싸는 것은 물리적인 기능만 생각한 게 아니에요. 그 정보성을 중시하는 겁니다. 반만 싼 꾸러미는 그것을 들고 다니는 사람을 스스로 조심하게 합니다. 또 그것이 상품으로 전환이 될 때에 신선도나 크기의 정보를 한눈에 전달하는 효과를 가집니다.

정보만이 아니라 시각적인 디자인의 미학도 담겨 있죠. 원형의 달걀과 직선의 짚이 이루어 내는 기하학. 유기질과 무기질의 촉감에 있어서 추상 조각과 같은 완벽한 대조와 조화의 아름다움은 또 어떻습니까?

'달걀 꾸러미'는 기술적 합리주의가 낳은 단순화와 협소화에서의 해방을 시도하는 포스트모더니즘의 예술입니다. 왜냐하면 반만 포장된 달걀 꾸러미야말로 기능주의의 합리성을 커뮤니케이션의 합리성으로 대치하는 탈산업화 시대의 정신과 통하기 때문입니다. 형태와 구조를 노출시키는 아름다움. 깨지지 않게 내용물을 보호하는 합리적인 기능성. 포장의 내용을 남에게 알려주는 정보의 공개성을 동시에 내포하고 있기 때문이죠.

비즈니스에서는 부러우면 지는 게 아니라 비슷하면 집니다. 차별화를 위해 치열한 전쟁을 벌이고 있습니다. 그러나 성숙한 카테고리의 제품일수록 차별화가 아니라 동일화가 일어납니다. 예를 들어, 삼성전자의 휴대폰과 아이폰의 기기는 차별화를 추구할수록 점점 유사한 형태로 동일화가 된다는 말입니다.

차별화는 새로운 사고의 틀입니다. 새로운 눈으로 세상을 바라보는 태도이며 응용입니다. 달걀 꾸러미는 기술적 합리주의의 해방을 시도하는 포스트모더니즘의 예술일 뿐만 아니라, 존재 내적인 삶의 풍요를 공급하는 차별화된 의식의 표징입니다.

비닐 포장지에 꽁꽁 쌓인, 뚜껑에 잘 덮여 있는 계란. 노른자위는 홀랑 빼놓고 흰 단백질만 계란이라고 말하는 당신에게 오늘 추상 조각 한 점을 선물로 드립니다.

수렵 문명의 시대

인류 문명을 거시적으로 보면, 수
렵 채집기와 농경문화 시대로 나눕니다. 이 두 개의 축을 기점으
로 생활 패턴이나 가치관, 미의식에서 사회 형성에 이르기까지
양극화 문화가 생겨나는 거죠.

사냥과 채집에 의존하던 시대는 먹이도 집도 입는 옷도 자기
자신이 만드는 게 아니었습니다. 이미 있는 것을 사냥으로 잡아
다가 하루하루 때워 가던 불안정한 삶이었죠. 그러나 농경문화
시대로 넘어가면서부터 필요한 것을 제 손으로 직접 만드는 방
법을 익혔습니다. 원하는 것들을 미리 장만하고 비축해 두는 안
정된 생활을 하게 된 거죠. 그때부터 동굴이 집이 되고 사냥터가
논밭이 된 것입니다. 여기까지는 초등학교에서 배웁니다.

그럼 그 이후의 문명은 무엇일까요?

산업사회, 정보사회, 세계화, 뭐 이렇게 되어 가는 게 문명의 발전사일까요? 그렇다는 답을 얻으려면 지금 우리가 사는 내용물을 들춰 보면 됩니다. 이를테면 필요한 것을 제 손으로 만드는지 아닌지, 원하는 것들을 미리 장만하는지 아닌지 하는 것들입니다. 단도직입적으로 말하면, 우리가 살고 있는 이 시대의 문명은 농경문화 시대가 붕괴되고 새로운 '수렵 채집 시대'로 돌아왔다고 볼 수 있습니다.

우리가 어렸을 때 팽이를 가지고 놀았다고 합시다. 그 팽이는 우리 손으로 직접 깎았습니다. 그러나 요즘 아이들은 스스로 하지 않습니다. 상점에 가서 돈을 주고 사냥하듯 골라 와야 합니다. 수렵시대의 활이나 창은 돈이라는 화폐로 대치되고, 사냥터였던 산이나 바다는 상점이나 백화점으로 바뀌었을 뿐이죠.

농경문화에서 퇴화되었던 감각들이 생생하게 되살아나기 시작한 게 현대 문명입니다. 옛날 숲속의 수렵민들이 그랬듯이 문자보다는 영상이나 소리, 몸짓과 같은 보디랭귀지가 더 위력을 떨치는 세상입니다. 농경문화의 특징인 추상적인 무늬와 상징이 사라지고, 대신 생동하는 한순간의 모습이 아름다움이 되는 세상이죠.

요즘은 사랑도 사냥입니다. 오죽하면 연애를 러브헌팅이라고 할까요. 농경시대에는 재미가 '깨 쏟아지듯' 한다고 했고, 가슴이 '콩 뛰듯' 한다고 했습니다. 모두 농사에 관련된 감정 표현들이었죠. 그런데 요즘은 '한 탕 했다', '내가 그녀를 찍었다'고 합니다. 이는 수렵시대에 사냥감을 쏘고 찍는 데서 유래된 언어입니다. 그래서 모두들 한 탕 하고 동굴을 떠납니다. 마치 수렵채집기의 인간들이 이 동굴에서 저 동굴로 옮겨 가듯 사랑도, 삶도, 가치관도, 신앙조차도 수렵채집시대 사냥꾼의 방식이죠.

어쩌겠습니까. 한 탕 하고 떠나면 빈 동굴밖에 남지 않으니까요! 거기서 불안, 불확실성, 외로움과 불신이 증폭되는 것입니다. 기독교 은행을 만들겠다고 떠들썩하던 목사 무리들이 사기꾼이었다는 세속의 전갈이 들려옵니다. 문득 겉은 글로벌 문명이지만 속은 여전히 수렵채집기인 채로 사는 혼들의 그림자가 아른거립니다.

골이 깊어야 뫼가 높다

현대의 산업주의가 붕괴를 하면서 후기 구조주의, 포스트모던과 같은 새로운 시대와 새로운 가치를 모색하는 이론들이 등장하기 시작했지요. 아시는 것처럼 이런 이론을 주장한 학자들은 가타리와 들뢰즈 같은 이들입니다.

이들은 우리가 살고 있는 공간을 '계량 가능한 공간'과 '계량 불가능의 공간'으로 나누어 설명하고 있습니다. 쉽게 말하자면, 지금까지의 산업문명이란 이 계량 가능한 공간을 정복하고 소유하는 것이었습니다. 그런데 앞으로 오는 세기는 계량 불가능의 공간에서 벌어진다는 겁니다. 이를테면 지적도에 등록하여 소유할 수 없는 공간 속에서 인간의 삶이 이루어지는 세기라는 이야기입니다.

그렇다면 분할하고 계측할 수 없는, 그런 매끄러운 균질 속의 세계란 어떤 것일까요? 그렇습니다. 우리가 시원의 공간으로 이해하는 '하늘'이 바로 '그곳'이고 '그것'입니다.

예정대로라면 카트만두에서 우리 일행은 네다섯 시간 혹은 일고여덟 시간을 달려 해발 2천 미터 언저리인 깔리까스탄이나 둔체까지 이동해야 했습니다. 그래야 다음날의 발걸음이 짧고 가벼울 터였습니다. 하지만 카트만두의 텃세는 그리 만만하지 않았습니다. 우리는 겨우 카탈리라는 길가 숙소에서 히말라야의 첫날밤을 맞아야 했죠. 그날은 마침 동네 청년의 결혼식이 있어서 밤새 버들피리 같은 소리들이 캄캄한 밤하늘을 휘돌았습니다.

다음날 새벽에 우리는 다시 출발했습니다. 버스는 산행 출발지인 깔리까스탄을 향해 낭떠러지에 매달렸습니다. 차마 달린다고 말하지 못하는 건, 마치 풀쐐기 애벌레가 나뭇가지 끝에 매달려 겨울바람을 이겨내듯 그렇게 버스가 대지의 난간을 내달았기 때문입니다.

흔히들 천 길 낭떠러지라고들 하지요. 버스는 마치 만 길 구름 위를 날아가는 것 같았습니다. 행여 자동차가 스르륵 저 밑으로 굴러떨어진다면 고요히 눈을 감고 있는 게 훨씬 행복하겠단 생각이 들 정도였습니다. 까마득한 저 밑바닥까지 당도하려면 몇 십 분은 족히 걸릴 테니 말입니다. 그 긴 시간을 고요하게 누리는 게 인간이 할 수 있는 마지막 행복이겠다 싶었습니다.

우리 교회 회원들은 매주 토요일에 등산을 합니다. 교회 주변의 가까운 산들을 오르죠. 산길 곳곳마다 등산로가 잘 마련되어 있습니다. 안내판도 있고 때론 운동기구도 보입니다. 그리고 이정표에는 어디까지 0.9㎞ 또는 정상까지 2㎞와 같이 길이로 표기되어 있습니다. 예를 들면 서울까지 98㎞, 부산까지 500㎞와 같죠.

이 길이로서의 삶은 다시 넓이와 부피로 확장이 됩니다. 미터, 평방미터, 입방미터 이렇게 말입니다. 결국 이 길이, 넓이, 부피가 우리의 삶을 현재화합니다. 산업사회의 표본인 계량 가능한 공간이기도 한 이것이 근대 경제학 개념 중 하나인 지대론, 즉 땅입니다. 그런데 말입니다. 깔리까스탄으로 가는 그 낭떠러지에 달라붙어 보니 히말라야의 이정표는 '길이'가 아니라 '높이'였습니다.

우리나라 백두산 높이의 두 배나 되는 산을 닷새 동안 오르는 동안, 우리는 그 어디에서도 앞으로 몇 미터라는 이정표를 보지 못했습니다. 이 말은 어디까지 몇 미터, 어디까지 몇 킬로미터 하는 길이의 단위가 없다는 뜻입니다. 그곳에 사는 사람들의 생은 길이가 아니라 높이였습니다. 어느 동네까지 몇 킬로미터가 아니라 여기는 해발 몇 미터, 저기는 해발 몇 미터 이렇습니다. 거기엔 길이나 넓이나 부피처럼 계량 가능한 삶이 아니라, 하늘을 상징하는 높이의 계량 불가능한 공간이었습니다. 이미 후기 구조주의와 포스트모던이 생성된 세계였던 것입니다.

그제야 히말라야로 가는 길이 만 길 낭떠러지인 걸 알았습니다. 길이에서 높이로 나가고자 할 때 맛보아야 하는 의식의 통과의례라는 걸 말입니다. 낭떠러지에 매달리지 않으면 길이로 살았던 부정을 씻을 길이 없기 때문입니다. 부정을 씻지 않고서는 높이를 탐할 수 없기 때문입니다. 이는 마치 사원으로 들어가는 입구에 무시무시한 나한들이 칼과 쇠스랑을 들고 눈을 부라리며 출입자의 정수리부터 발끝을 훑어 마음을 정화시키는 것과 같은 이치일 것입니다.

그렇습니다. 골이 깊어야 뫼가 높은 법입니다!

장독대

오늘 만난 선배가 내게 물었습니다. 목사가 난데없이 웬 장독대 타령이냐고요. 장을 담그는 것도 아니고, 담가 놓은 장을 퍼다 꼴단 세워 놓듯 늘어놓는 게 어떤 목회적 의미가 있느냐고요.

그는 신학교를 나와 번역을 하거나 사진을 찍습니다. 『비노바 바베』, 『산야초 이야기』를 번역했고 책 속에 들어가는 사진들을 찍었습니다. 나는 대답 대신 사진이 형에게 어떤 존재론적 의미가 있는 거냐고 되물었습니다. 신학교를 나와 나이 60이 되도록 사진을 찍었으면 그만한 답쯤은 있어야 하지 않을까, 해서라기보다는 '장독대 학'의 궁색함 때문이었습니다.

"너나 나나 세상과 사물, 사람과 그 너머의 것들을 보고 해석하고 느끼며 사는 건 똑같은 거지. 넌 문자와 신학적인 전통을 매개로 신의 음성을 듣는 거고, 난 렌즈를 통해 가슴으로 들어오는 태초의 손길을 읽으려는 거지."

양자의학에서 기억이란, 뇌에 저장되는 어떤 경험과 인식의 총량이 아니라, 온몸이 전체적으로 반응하고 조화하여 일으켜 가슴이라는 연못 속에 고인 물과 같다고 했습니다. 간단하게 말해, 기억은 뇌의 문제가 아니라 가슴의 문제라는 겁니다. 따지고 보면 내 장독대 '학'도 가슴 또는 마음에서 시작된 거지요.

오늘도 어떤 교우가 10년 된 고추장을 한 항아리 주었습니다. 어디선가 장이 생길 것만 같았습니다. 그래서 엎어 놨던 빈 항아리를 가져다가 고추장을 가득 채워서 장독대에 올려놓았죠. 수분이 부족해지면 매실액을 부어 보기 좋고 먹기 좋게 하기를 10년이나 된 고추장이라니요! 뚜껑을 열고 새끼손가락으로 찍어 맛을 보았습니다. 하! 달았습니다!

'장맛을 보면 그 집안을 알 수 있다'는 속담이 담고 있는 뜻은 뭘까요. 장독대와 장은, 주부와 그 가정의 내면을 비춰 주는 화장대와 비유된다는 뜻이 아닐까요. 물론 화장대는 인간의 외모를 아름답게 가꾸는 거울이 붙은 물리적 공간을 말합니다. 그러나 장독대는 그 집의 맛과 화평을 가꾸고 지켜 나가지 않았던 가요!

화장대에는 분이며 머릿기름과 화장품들이 가지런히 놓여 있지만, 장독대에는 여러 가지 장을 담은 크고 작은 장독들이 늘어서 있습니다. 이 둘 다를 화장대라 일컫는다 해서 누가 억지소리라고 말할 건가요.

그러니 장맛은 그 집의 단순한 음식 솜씨라기보다는 마음의 정성에서 우러나오는 것이라 할 수 있습니다. 아무리 장을 잘 담가도 그것이 발효되는 과정에서 잘못 간수하면 곧 망가지고 맙니다. 내가 금년 여름에 톡톡히 경험한 바예요. 그 집 사람들의 눈길이 잠시라도 장독대에서 멀어지면 그 맛을 제대로 내기 어렵습니다.

그러므로 장독대는 마음입니다. 마음의 맛을 내는 화장대입니다. 그러나 요즘은 외모를 다듬는 화장대는 있는데 마음을 가꾸는 화장대는 없습니다.

기도와 손길과 마음이 고여 배가 불룩한 장독마다 한 가정의 평화와 은밀한 이야기가 잉태되어야 할 그 화장대. 목사인 내가, 남자인 내가 그것을 다시 복원코자 하는 것은, 이것이야말로 무너진 삶의 신성한 공간을 다시 축조하는 거룩한 일이기 때문입니다.

목사란 모름지기 하나님의 나라, 거룩한 공간을 세우고 그 공간 속에 노니는 사람들, 하늘의 순리를 따라 곱게 살아갈 사람들을 짓는 일이 본연의 직업이 아니겠습니까!

이게 내가 펼치는 '장독대 학'입니다.

귀틀집 소고

어렸을 때 우리집 돼지우리는 귀틀집이었습니다. 딱히 귀틀집이라고 하기에는 어설프긴 해도 귀틀집의 형식을 따른 집짓기였습니다. 통나무를 그저 얼기설기 우물 정 자로 사람 키만큼 쌓아 놓았죠. 그 위에 지붕을 해 덮고 남은 자투리 이엉을 훌렁훌렁 올려놓은 그런 집이었습니다. 돼지우리치곤 꽤나 근사하던 건축물이었어요.

오늘 교우들과 소양강 둘레길을 걷다가 호수 위에 지은 정자처럼 보이는, 길관수라는 이의 선산 지킴이용 오두막 한 채를 발견했습니다. 앞선 일행들은 호수의 마술에 걸려 그냥 지나쳐 가고 뒤따르던 우리의 눈에 그 집이 들어왔습니다. 한 평이 될까 말까 한 귀틀집에 길게 처마를 끌어내어 마루를 깔았습니다. 정면으로 소양호와 멀리 춘천이 건너다보였습니다. 호수 위엔 그이가 타고 다녔음직한 전동보트 한 대가 파릇하니 겨울 물 위에 떠 있었죠.

아마 우리네 건축물 치고 가장 멋없는 집이 귀틀집일 겁니다. 아니 귀틀집은 멋을 내고 싶어도 낼 수가 없어요. 나무의 생긴 모양대로 척척 올려 쌓고 그 사이를 진흙으로 채우면 되는 단순한 건축술 때문이죠. 톱과 도끼 한 자루만 있으면 집이 되고도 남습니다. 귀틀집은 애시당초 멋지게 지을 수가 없어요. 그러니 귀틀집에 살려면 그 집에 사는 사람이 멋있어야 하는 거죠. 그렇지 않고서는 집도 사람도 초라하기 그지없습니다.

어떤 사람들은 고궁이나 큰 절간의 대웅전 같은 건축물들을 보면서 한국의 건축미는 선에 있다고 쉽게 지껄입니다. 건축의 선을 말할 때 들먹이는 게 용마루나 처마 끝의 흐름입니다. 중국은 형形이고 일본은 색色이라고 합니다. 중국의 건축이 형이라 함은 외형에 건축의 주안점을 둔다는 뜻이지요. 그래서 크게 짓습니다. 일본이 색이라고 하는 것은 건축의 색깔을 말하는 것인데, 일본은 건물을 예쁘게 짓습니다. 그런 걸 두고 한국은 '선', 중국은 '형', 일본은 '색'이라는 것이죠.

그러고 보면 한국의 건축물들은 하나같이 부드럽게 곡선을 그리며 하늘로 오르는 시늉을 합니다. 요즘 슬래브 건물 옥상에 함석으로 지붕을 씌운 것만 봐도 그렇죠. 그런데 정말 한국 사람들은 부드러움과 곡선을 사랑할까요? 그래서 건축물이 곡선을 그리는 걸까요? 그건 아닌 것 같습니다.

한국의 건축물이 곡선을 그리는 진짜 이유는 선의 아름다움을 추구해서가 아닙니다. 우리네 건축물의 선은 반작용의 역학이 작용한 때문이에요. 다시 말하면, 모든 선은 운동을 나타냅니다. 운동에는 방향과 속도와 중력이 있죠. $E=1/2mc^2$ 혹은 $E=mc^2$ 같은 등식이 이를 말해 줍니다.

우리네 건축물의 처마나 용마루가 하늘로 치켜 올라가는 것은 어떤 무의식의 운동입니다. 건물은 대부분 밑으로 내리누르는 형국이에요. 대궐 같은 건축물일수록 더욱 그렇지 않은가요? 그런데 사람이 건물에 눌려 살 수만은 없었습니다. 집을 짓되 내리누르는 수직적 중압감을 감소하자는 무의식이 작용한 거지요. 반작용의 운동을 따라 살짝 처마와 용마루를 들어올려 엄숙한 지붕과 건물의 무게를 분산시키려 한 것입니다.

그러므로 한국의 건축물이 곡선을 갖고 있다고 해서 우리가 선의 아름다움을 알았다 보기는 그렇고요. 짓누르는 것에 대한 거부와 표층을 뚫고 올라가려는 화火, 수水를 얼러 중中, 토土에 머물러 있게 하려는 도가적인 무의식이 작용했을 것입니다.

이런 사유에서 오늘 본 길관수 씨네 귀틀집이야말로 억지로 곡선을 쓰지 않고도 토를 이루는 사상의 완성이 아닐까 싶습니다.

바랑의 철학

상자, 장롱, 집, 창고 등은 자본주의의 산물입니다. 소유할수록 그 공간을 확대해야 하는 단위의 순열이지요. 쉽게 말해, 이들은 소유할수록 커지는 상자(상자-장롱-집-창고)의 기능 외에 아무것도 아닙니다.

자본주의는 이렇게 움직이는 상자를 만들어 소유를 수시로 교환, 운반함으로써 욕망을 증대, 확장하는 것입니다. 그래서 자본주의와 상자는 아주 면밀한 동조를 이루고 있지요. 그러면 이 자본주의적인 '상자'의 원형은 뭘까요?

가방과 보자기입니다. 서양인들은 상자나 궤짝을 들고 다닐 수 있게 손잡이를 달아 가방을 만들었습니다. 반면 우리네는 3차원의 형태를 취하기도 하고 2차원이 되기도 하는 보자기를 만들었습니다.

가방은 넣는 구실만 감당하지만 보자기는 싸고, 쓰고, 두르고, 덮고, 씌우고, 가립니다. 가방이 담기는 것과 상관없이 독립된 자기 존재를 주장한다면, 보자기는 융통성과 다기능의 유무상통의 변용 도구지요. 담기는 것이 무엇이냐에 따라 그 존재의 성격이 규정되는 존재론적인 발상의 산물입니다.

보자기는 소유하려는 도구가 아닙니다.

존재하려는, 존재하게 하는 의식의 부분이죠.

출세를 할수록, 남 앞에 나서는 일이 많아질수록 사실 값나가고 이름난 근사한 가방 하나 떡 하니 메고 싶은 게 졸장부의 마음입니다. 나도 목사가 되는 해에 자천 타천하여 갈색 소가죽 가방 하나를 얻어 들고 재며 다녔습니다. 그러다가 철이 조금 나서 후배 목사가 그 가방을 탐하는 마음을 드러내기에 얼른 줘버렸습니다.

그즈음 청담동 설교를 나가게 되었습니다. 각봉투에 성경책을 담아 가지고 겨드랑이에 끼고 다니는 내가 초라하게 보였나 봅니다. 지인이 짝퉁 발리 가방 하나를 선물했습니다. 진짜를 가짜라고 했는지 아니면 가짜를 진짜라고 했는지 알 바 아니지만, 나로서는 처음 보는 상표인지라 되는대로 걸머메고 다녔습니다.

어느 날 청담동으로 가기 위해 버스를 올라탔는데 운 좋게 아는 이가 내 옆자리에 앉았습니다. 그가 내 가방을 주욱 보더니 "청담동 드나드시더니 목사님도 명품으로 바꾸셨네요?" 하는 것이 아닙니까. 이 말이 얼마나 내 혼을 잡치게 하던지, 그날로 그 시커먼 발리 가방을 멀리 내던져 버렸습니다.

그 후 명절날 사과 상자를 쌌던 분홍색 나일론 보자기를 며칠 동안 들고 다녔습니다. 그 모습도 좀 그랬나요. 집사님 한 분이 퀼트 가방이라면서 아기 기저귀 가방보다 약간 작은 천 가방을 선물했습니다. 한동안 즐겁게 그 천 가방을 들고 다녔습니다. 나름 촉감도 좋고 성경책을 넣었다 꺼냈다 하기도 쉬운 게 마음에 들었습니다. 줄곧 들고 다녔죠.

그런데 엊그제 후배 목사들과 저녁을 나누고 헤어지는데 민 목사 편으로 검은색 소가죽 가방이 내게 전달되었습니다. 후배 목사가 내게 전해 주라고 했답니다. 제법 날씬한 게, 뭔가 쫌 있어 보이는, 뭐 그런 맵시니 필시 돈 푼 께나 집어 줬지 싶었습니다. 그 즉시 누구에게 주고 싶은 마음이 굴뚝같았는데 꾹꾹 눌러

참았습니다.

금년 마지막 월요일인 오늘, 청담동 모임을 하고 내려오는 길에 길가에 선 트럭을 보았습니다. 온갖 짚 공예품들을 주렁주렁 매달고 돌아다니며 파는 이동 차량이었습니다. 없는 게 없는, 신기하기까지 한 온갖 짚 공예품들이 자동차에 매달려 있었습니다. 그러다가 내 눈에 들어온 걸망 하나가 있었습니다!

시골 사람들은 흔히 이 가방을 '바랑'이라고도 하지요. '주루먹'이라고도 하고, '걸망'이라고도 합니다. 요즘 젊은 애들 말로 하면 '백팩BackPack'이지요.

이를테면 조선 배낭쯤 되는 것입니다. 보통 닥나무의 껍질이나 질긴 여러해살이 풀 따위를 꼬고 엮어서 만들죠. 질겨야 하기 때문입니다. 오늘 내가 3만 원에 산 이 주루먹은 삼베 껍질을 엮고 꼬아서 만든 것입니다.

모양새를 볼라치면 영 뭘 담을 것 같지 않은 몰골이에요. 구멍이 숭숭 나서 뭐든지 넣으면 줄줄 새 나오기 십상이죠. 위는 훑쳐 거는 어깨끈이 들어가기 때문에 뭐 하나 신통한 물건을 담거나 감출 수 없는 형국입니다. 딱히 어떤 욕망의 표상을 소유하겠다는 의지보다는 그저 산이나 들판을 가는 나그네의 등짝이나 섭섭지 않게 해보겠다는 심사 정도입니다. 거의 그 쓰임이 보자기 수준이죠. 보자기 같은 가방, 이게 우리의 걸망입니다.

이제 세상에 으스댈 것이 뭐 있겠습니까. 그저 빈 바랑 하나 걸머지고 바람의 왕래나 환영해야지요!

그게 바랑의 철학입니다.

지게, A 프레임frame

어릴 때 시골에서 자란 아이들에게 지게란 딱히 어른들만의 연장은 아니었습니다. 거의 모든 아버지는 아이의 키 높이에 맞게 지게를 걸어서 그 연하디 연약한 아들의 등짝에 올려놓았죠. 물론 아이의 지게에도 지게 끈이 달렸습니다. 모름지기 지게에는 지게 끈이 달려 있어야 지게다워진다고 했습니다. 지게 작대기도 크기만 달랐지 어른들의 그것과 진배없었습니다. 아이들은 그 지게로 쇠꼴도 베 나르고, 감자도 지고, 나뭇단이나 통나무를 져 나르곤 했지요.

서양 사람들은 우리네 지게가 마치 그들의 알파벳 A를 닮았대서 '에이 프레임A frame'이라고 합니다. 아마도 그들의 눈에는 우리의 지게가 간단히 A 자로만 보였던 모양입니다. 그러나 어릴 적 내 경험으로 지게는 괴로움과 한숨이었습니다. 단순하게 물건을 옮기는 도구 이상의 의미가 배어 있다는 뜻이죠. 한마디로 우리네 지게엔 정이 배고 피가 통하는 또 하나의 생, 그것이 었습니다.

지게에 피가 흐르고 정이 배다니, 이게 무슨 말일까요. 지게는 단순히 짐을 져 나르는 도구만은 아니었습니다. 지게는 농부의 천연 악기였죠. 작대기로 지겟다리를 치며 그 장단에 맞춰 초부타령을 읊었습니다. 그럴 땐 더없는 위로와 격려의 에너지 원천이었지요. 농주 한 사발이 그만했을까요!

지게를 뉘어 놓고 그 위에 피곤한 몸을 뉘일 땐 안락의자이기도 했습니다. 무거웠던 짐을 부리고 난 후 지게 다리를 둔덕에 올려 평평하게 앉히죠. 거기에 고된 몸을 맡기고는 깊고 파란 하늘을 바라볼 때의 그 상쾌함이라니! 기백만 원짜리 전동 마사지 안락의자가 이만했을까요! 어디 그뿐입니까. 지게 위에서 곤하게 잠이라도 들라 치면 이 농부의 얼굴은 암체어armchair에서 잠든 신사의 얼굴보다 더 평온했을 것입니다.

지게 작대기는 또 어떤가요. 그저 따라다니는 장식품이 아닙니다. 튼튼한 두 다리를 지탱케 하는 것도, 꺾어지는 허리를 앞

장서 안내하는 것도, 모두 지게 작대기의 몫이에요. 그뿐인가요. 일본이나 서구 사람들은 칼을 들고 다녔지만, 우리의 지게 작대기는 뱀이든, 멧돼지든, 호랑이든, 대적하여 덤벼드는 도적 떼로부터 자신을 지키는 호구이기도 했습니다. 그러니 어찌 피가 배고 정이 흐르지 않겠습니까!

1780년 6월, 연암 박지원이 청나라 사절단을 따라 압록강을 건너려 할 때 통역관에게 난데없이 "그대는 도道를 아는가?"라고 물었습니다. 『열하일기』 「도강록」에 기록되어 있지요. 그러면서 그 도를 설명할 때 강의 두 둑 사이를 흐르는 물의 흐름이 바로 그것이라고, 알 듯도 모를 듯도 한 답을 했다고 합니다.

지게를 사이에 두고 지게를 사용하는 인간과 인간에 쓰임 받는 도구 사이에 흐르는 이것이 실로 우리네 인생의 도가 아니고 무얼까요?

에이 프레임A frame이 주는 단맛은 이제 끝났습니다. 영혼은 잉여되기 시작했고, 생명은 더없이 생기가 없습니다. 차라리 약간의 괴로움과 한숨이 잉태된다 해도 다시 지게를, 그 순응의 지게를 어깨에 메고 살아가야 할 듯합니다.

익모초 주일

나는 토요일마다 교우들과 춘천 근교의 산을 걷습니다. 목사가 그 바쁜 토요일에 무슨 산놀이냐고 하실 이들이 계실지 모르겠네요. 나는 화요일 저녁이면 주일 설교 원고를 교회 홈페이지에 싣습니다. 그러고는 토요일 아침까지 적어도 스무 번은 읽고 또 읽어서 육화시키죠. 그런 다음에 남자 교우들을 중심으로 교회 중직들과 멀고 가까운 산길을 걷습니다. 그렇다고 멀리 산행을 나서는 것도 아니라서 서너 시간 가면 충분합니다.

그런 후 함께 점심을 먹고 나서 교회로 돌아와 자질구레한 일들을 합니다. 그러면 일부러 교우들을 부르지 않아도 교회 안팎의 일들이 준비가 되지요.

학곡리 364-2번지

요즘은 날이 금세 밝기 때문에 아침 여덟 시면 모입니다. 새벽 네 시면 포곡조, 뻐꾸기가 울어대는 바람에 바지런을 떨지 않으려고 해도 그럴 수 없습니다.

오늘은 화천 오음리를 넘는 배후령 고개에서 동남쪽으로 길게 뻗은 능선을 따라 마적산으로 내려올 작정이었습니다. 그러면 소양강댐 밑 막국수 집들이 모여 있는 언저리가 됩니다. 그러나 벌써 초여름 날씨인지라 긴 길을 걷기에는 적합하지 않다는 판단에 샘밭 올레길을 걸었습니다.

'샘밭 올레길'은 우리가 붙인 이름입니다. 아랫샘밭에서 수레관 쪽으로 난 긴 둑길을 따라 걷다가 야트막한 소나무 숲속으로 들어가 걷고 싶은 대로 걷다가 나오면 되는 아담한 숲길이죠. 오늘은 모두 맨발로 걸었습니다. 땅바닥이 발을 톡톡 쏠 것 같았지만 푹신하기 그지없었습니다. 걸으면서 붉나무 새순, 소나무 순, 칡 순, 싸리나무 순, 아카시아 꽃 등을 뜯어 씹었습니다. 달짝지근한 봄기운이 온몸에 퍼졌지요.

산을 내려와 둑길을 따라 걷다가 쑥 대궁과 함께 무성하게 자란 익모초를 발견했습니다. 어린 시절, 5월 단오가 되면 아버지는 들에 나가 쑥이나 익모초를 입으로 끊어 오라고 하셨습니다. 쓴맛을 입에 묻히라는 뜻이 있다는 건 어른이 돼서야 알았지요. 한여름, 더위를 먹어 비실비실할 때 어머니는 익모초를 으깨어 짠, 구토가 일어날 만큼 쓴 익모초 물을 한 대접 마시게 했습니다. 그러면 거뜬하게 한여름을 나던 기억이 났습니다.

장로님 댁에서 익모초 물을 한 컵씩 먹었습니다. 그러다가 단오가 지난 그 다음 주일에 모든 교우들에게 익모초 한 잔씩을 대접하자는 제안을 했습니다. 단오에는 익모초나 쑥을 먹어야 했던 전례도 있으니까요. 이스라엘 백성들이 햇볕 뜨거운 광야로 나가기 전에 쓴 나물과 맹맹한 떡을 먹고 담즙 분비를 위한 준비를 했던 것처럼 말입니다. 우리도 교우들의 건강한 여름 나기를 위해 익모초 주일을 하자는 것이었습니다. 이를테면 이스라엘 백성들의 유월절과 비슷하다고 하겠죠.

6월 둘째 주일이 될 텐데, 그날은 익모초로 짠 물 한 컵씩을 먹어야 할 것입니다. 식당의 반찬도 민들레 뿌리, 익모초 잎 튀긴 것, 산 미나리 같은 쓴맛이 나는 것들로 준비하게 할 것입니다. 일절 단맛이 나는 재료를 써서는 안 되죠.

익모초는 그야말로 여자들에게 좋은 풀입니다. 더할 익益, 어머니 모母, 풀 초草이니 말입니다. 혈압을 안정되게 하고, 부인들의 혈액순환을 돕고, 몸을 가볍게 한다는 내용이 『동의보감』에 있습니다.

이스라엘 백성들이 쓴 나물을 먹은 뜻, 우리 백성들이 대대로 단오 때마다 익모초와 쑥을 먹었던 뜻을 헤아릴 수 있어야 하겠습니다. 그러면 익모초 주일은 아주 멋진 주일이 될 것 같습니다. 그 많은 익모초를 어디서 구하냐고 했더니 조은구 장로가 걱정 말랍니다. 산처럼 뜯어다가 어린아이에서 어른 교우들에 이르기까지 쓴맛을 보여주시겠답니다. 우리는 6월 둘째 주일을 익모초 주일로 지내고자 합니다.

그 밤에 그 고기를 불에 구워 무교병과 쓴 나물과 아울러 먹어라 (출 12:8).

이상한 화혼례花婚禮

꽃이 피니

나비는 아름다운 활동가가 되어

꽃과 꽃 사이를 날기에 꽃은

연한 입술을 열어

두 나비의 이름까지도 부르나니 꽃은

지하의 향기를 다하여

미지未知와 친근하면서 꽃은 져도

영원은 실망치 않고

시는 자연과 함께 산다.

— 김광섭 「꽃, 나비, 시」

사실 꽃이란 모든 식물의 생식기와 진배없습니다. 꽃을 통해 수정을 하고, 수정을 통해 열매를 맺고 종자를 번식하기 때문이죠. 그러니 꽃의 색, 향기와 달콤한 꿀은 생식을 위해 누군가를 유혹하기 위한 덫이기도 합니다. 대부분 바람을 통해 화혼례花婚禮가 성사되지만, 또 어떤 것들은 나비나 벌이 매파 노릇을 합니다.

엊그제 토요일에 산을 내려오다가 양지 쪽에 노란 국화꽃을 보았습니다. 작은 몸집의 토종벌들이 윙윙대며 꽃가루를 묻혀 다니고 있었습니다. 어릴 때 생각도 나서 들여다보고 있는데, 곁에 다가온 조 장로님이 내 귓등에 대고 이렇게 말씀하십니다.

"목사님, 요새 벌들은 꽃에 와서 꿀을 따 가지 않아요."

"그럼 어디서 꽃가루를 물어다가 꿀을 만든대요?"

"예전에는 우리 음식이 달지 않았는데 요즘은 모두 설탕 덩어리잖아요. 그래서 벌들이 도시의 쓰레기통이나 음식 찌꺼기에 더 몰려든대요. 대기 환경 때문에 벌들이 많이 사라지기도 했지만 그런 이유도 있다네요."

꽃이 아니라 음식 찌꺼기에서 당분을 찾는, 그래서 벌이나 나비가 꽃을 찾지 않고 쓰레기통을 뒤지고 식당의 잔밥통을 기웃대는 이런 세상을 '아바타 소사이어티'라고 합니다. 이걸 다른 말로 '아웃소싱 자본주의'라고도 하지요. 마음을 다쳐 가며, 위험을 무릅 쓰며 실행하여 획득했던 일들을 손쉽게 돈으로 아웃소싱 해서 얻어 내는 삶이죠. 이런 모든 것을 일컫는 사회학 용어이기도 합니다. 아웃소싱을 우리말로는 '외주'라고도 하는데, 지극히 사적인 것들, 매매 대상이 될 수 없는 것들, 돈으로 살 수 없는 것들을 돈으로 사는 것을 말합니다.

이를테면 애인을 고르고 선택하는 일을 전문가에게 맡기는 러브 코치나 결혼 중개, 자신의 일을 대신 해주는 요양사, 베이비 플래너, 대리모, 파티 플래너, 임대 남편, 임대 아내, 임대 친구 같은 것들입니다. 이 모든 걸 요즘 사람들은 아웃 소싱, 즉 돈을 주고 사는 겁니다. 사생활과 감정을 외주로 구매하여 사용하는 것이죠. 감정과 정서를 사고파는 것입니다. 세상은 지금 이런 문구로 흔들리고 있습니다.

당신의 모든 것을 대신해 드립니다.

인생은 끈이다

사람은 끈을 따라 태어나고, 끈을 따라 맺어지고, 끈이 다하면 끊어집니다. 인생에서 필요한 끈이야 무수히 많겠지만, 다 가지고 살 수는 없을 것입니다. 대략 다섯 가지 정도라면 다음쯤 되지 않을까 싶은데요.

매끈한 사람은 어떨까요?

매끈해지려면 까칠하지 않아야 합니다. 왜 이런 말이 있잖습니까. 보기 좋은 떡이 먹기도 좋다. 모난 돌이 정 맞는다. 그러니 옷도 좀 세련되게 입고, 얼굴은 밝게 웃고, 자신감 넘치는 태도로 매너 있게 행동해야 합니다. 그러면 외모는 미끈하고 성품은 매끈한 사람이 되지 않을까요?

발끈하는 사람입니다.

발끈하라는 말이 낯설겠지만 잘 들어 보세요. 아무 데서나 성질을 부리라는 이야기가 아니라, 오기 있는 사람이 되라는 것입니다. 인생에서 실패란 넘어지는 것이 아닙니다. 진짜 실패는 넘어진 자리에 그대로 있는 것입니다. 그러니 어려운 일을 만났을 때는 주저앉아 있지 말고 오기 있게 벌떡 일어나야 한다는 말입니다. 본시 동트기 전이 가장 어두운 법이니, 어려운 순간일수록 오히려 발끈하라는 겁니다!

화끈은 어떨지요.

뭘 하든지 야무지게, 오달지게 집중하라는 것입니다. 미적지근하게 살지 말라는 말이죠. 누군가 해야 할 일이라면 내가 하고, 언젠가 해야 할 일이라면 지금 하고, 어차피 할 일이라면 화끈하게 하는 겁니다. 사랑도, 신앙도, 일도 화끈하게 하자는 거지요. 눈치 보지 말고 소신껏 행동하는 사람, 내숭 떨지 말고 화끈한 사람이 되라는 겁니다.

질끈도 빼놓아서는 안 되겠습니다.

왜 우리가 흔히 "눈 한 번 질끈 감아 주지" 할 때 그 질끈입니다. 그런데 이 질끈을 부정적으로 쓰면 안 됩니다. 긍정적으로 용서할 줄 아는 사람이 되어야지요. 감당하기 어려운 일일지라도 눈 한 번 질끈 감는 그런 관용과 용서를 말하는 겁니다.

실수나 결점이 없는 사람은 없어요. 다른 사람을 쓸데없이 비난하지 말고 질끈 눈을 감으세요. 한번 내뱉은 말은 다시 주워 담을 수 없으니 입이 간지러워도 참으세요. 보고도 못 본 척 할 수 있는 사람이 되라는 말입니다. 다른 사람이 나를 비난해도 질끈 눈을 감아요!

맨 마지막은 어떤 끈이면 될까요?

뭐니뭐니 해도 사람이란 모름지기 따끈해야 합니다.

따뜻한 사람이 되는 겁니다. 계산적인 차가운 사람이 아니라 인간미가 느껴지는 사람 말입니다. 털털한 사람, 인정 많은 사람, 메마르지 않은 사람. 다른 사람에게 베풀 줄 아는 따끈한 사람이 되면 얼마나 좋을까요. 이 정도 끈만 있으면 나도 행복하고 상대방도 기쁘지 않을까요?

쿨라

뉴기니, 비스마르크 군도, 솔로몬 제도, 산타크루즈 제도, 피지는 태평양 제도에 있습니다. 여기를 통칭하여 멜라네시아라고 하죠. 이곳은 원주민들이 사는 곳입니다. 한마디로 과학 문명보다는 원시적으로 사는 사람들이죠. 이들에게 '쿨라'라는 풍습이 있답니다.

일종의 선물 게임 같은 것인데요. 여건만 되면 사람들을 자기 집으로 초청해서 음식을 먹인답니다. 선물도 나누어 주고요. 그러면 선물 받은 사람은 선물 준 사람에게 답례를 하는 게 아니라, 전혀 다른 뜻밖의 사람에게 다시 그가 받은 대접과 선물 증여를 하는 겁니다. ㄱ에게 선물을 받으면 답례를 ㄱ에게 하는 게 아니라 ㄴ에게 합니다. 그러면 ㄴ은 다시 ㄷ에게 선물을 하는 거지요. 지난가을 유행했던 아이스 버킷과 같다고 보면 되겠습니다. 그러다 보면 몇 사람을 거쳐 결국은 처음의 ㄱ이 선물을 받게 되겠죠. 이렇게 음식을 나누고 선물을 증여함으로써 평화롭고 기쁘게 부의 재분배가 이루어지는 것입니다.

멜라네시아에서는 '누가 더 많이 가졌느냐', '누가 더 잘사느냐'가 아니라 '누가 더 잘 나누느냐'가 사회의 운영 체제이자 지도층의 덕목이 됩니다. 그러니까 여기서는 가진 자가 힘 있는 자가 아니라 증여하는 자가 힘 있는 사람이 되는 겁니다. 이것을 그들은 '쿨라'라고 한답니다.

사회가 이런 운영 체제가 되면 사람들은 모두 가지려고 안달을 하는 게 아니라 주려고 안달을 하게 되겠죠. 뭔가 있으면 나누려고 안달이 나는 사회. 많이 나누는 사람이 최고의 명예를 누리는 멜라네시아는 그야말로 꿈같은 사회이며, 꿈속에 사는 사람들입니다.

우리는 모두 천국엘 가고자 하는 사람들입니다. 그러면 그 천국의 운영 체제는 어떨까 생각해 보신 적이 있습니까? 지금 우리가 사는 세상처럼 많이 가지려고 안달을 하고, 많이 가진 자가 명예스러운 곳이 천국일까요? 아닐 겁니다. 천국이 이 세상과 같은 운영 체제가 적용되는 곳이라면 뭐 하러 가겠습니까?

알고리즘이라는 말이 있습니다. 빤하게 정해진 어떤 규칙을 일컫는 말입니다. 사람들은 대부분 이 빤한 규칙을 따라 그저 꼭 두각시처럼 살아가고 있습니다. 더 많이 가지려고 하는 윤리 또한 사회관성적인 알고리즘입니다. 예수는 바로 이런 알고리즘, 빤한 사회적 관성을 깨고 새로운 질서를 세우신 분입니다.

지난날 우리는 더 많이 가져서, 나를 돌보아 주셔서 같은 자기중심적인 윤리에 근거하여 조건적으로 감사했습니다. 이는 지극히 세속적인 운영 체제에 근거한 윤리입니다. 예수님이 우리에게 가르치시는 바, '범사에 감사하라'는 말은 형편의 이익을 전제로 하는 말씀이 아닙니다. 사회 운영 윤리의 변곡을 이르는 말입니다. 자족하는 사회 윤리로 바꾸라는 것이고, 더 나아가 너의 것을 남에게 선물로 나누어 주는 기쁨의 윤리를 운영 체제로 삼으라는 말씀입니다. 그렇게 살면 나는 너에게 선물이 되는 것이고, 너도 나에게 선물이 되는 세상이 되는 겁니다.

이게 장차 하늘에 구현될 하나님의 나라입니다. 그리고 우리가 이 땅에 살면서 실현해 보아야 하는 사회 운영 윤리입니다. '범사에 감사'는 이 시대에 와서 이런 요구를 우리에게 하고 있습니다.

이제 우리는 새로운 세상에 직면해 있습니다. 그동안 사회를 운영해 오던 여러 규칙적인 체제가 술렁거리고 있습니다. 우리 앞에 도래한 이 변혁의 시대야말로 멜라네시아 사람들의 '쿨라'와 같은 사회윤리가 필요합니다. 선물을 증여하고 음식을 나누는 것과 같은 부의 재분배의 윤리 말입니다.

덴마크는 유엔 행복지수 1위 국가입니다. 해가 온전히 뜨는 날이 1년에 50일밖에 되지 않는 이 나라가 어떻게 '행복한 나라'가 되었겠습니까? 그것은 "부자가 적고, 가난한 사람은 더 적을 때 사회는 풍요로워진다"고 외치며 국민을 일깨웠던 그룬트비 정신 때문입니다. 부자가 적으려면, 가난한 사람이 더 적으려면 어떻게 해야 합니까? 쿨라의 윤리로 살면 됩니다. 이것이 오늘날 우리가 실현하며 살아야 하는 '범사에 감사하라'는 말씀입니다.

차원이 다른 이런 감사의 삶을 살아야 합니다. 특정한 몇 사람만 행복한 게 아니라, 모두가 행복한 삶을 살게 하라는 게 '범사에 감사하라'는 말씀입니다. 그렇기 때문에 이 언명이 인간 세계에서 하나님의 뜻으로 규정될 수 있는 것이죠.

하루살이가 하늘살이다

사람은 어제를 사는 것도 아니고 오늘을 사는 것도 아니고 내일을 사는 것도 아니다.

사람은 '하루'를 산다.

아침을 살고 대낮을 살고 저녁을 살고 한밤을 산다.

어제를 그리며 사는 것도 아니고 내일을 위해서 사는 것도 아니고 오늘에 쫓기며 사는 것도 아니다.

하루를 사는 것뿐이다.

하루 속에는 아침과 저녁이 있을 뿐, 어제와 내일은 없다.

하루 속에는 지혜와 사랑이 있을 뿐, 삶은 없다.

하루 속에는 어짊과 옳음이 있을 뿐, 있음과 없음은 없다.

세상에 새 물이 있을 리 없지만 아무리 더러운 물이라도 땅속을 오랫동안 거쳐 나오면 어느새 새 물이 되는 법이다.

일체 의식적인 것이 끊어져 버리고 오랫동안 무의식의 세계를 헤매고 가다가 초의식의 세계로 터져 나옵니다. 어제니 오늘이니 내일이니 하는 것들은 다 떨어져 나가고, 오직 하나의 하·루·살·이가 시작되는 것입니다.

마치 단잠을 자고 깨는 젊은이처럼, 사람에게는 깊은 생각에 잠겨 자기가 있는지 없는지도 잊고, 자기가 사는지 죽는지도 모를 정도로 살아갈 때가 있는 법입니다. 얼핏 보면 바보 같기도 하고 어떻게 보면 위대한 것 같기도 하지만, 그런 것과는 아무 상관이 없습니다. 오직 하나의 삶을 찾아서 가고 또 가다가, 나중에는 가는 데 지쳐서 가는 줄도 모르고 가고 있을 때, 돌연 바위가 터지고 인연이 끊어지고 꽃과 잎이 떨어지고 몸과 마음이 떨어져 나간 후 하나의 참 삶이 터져 나옵니다.

그런 삶으로 하루를 삽니다. 하루는 그저 하루일 뿐. 더도 덜도 없습니다. 그것에 만족하고 더 바라지 않습니다. 그것으로 충분하니 더 생각하지 않습니다. 그러므로 아무것도 욕심이 나지 않습니다. 하루에 충실하고 하루에 감사하고 하루에 만족합니다. 하루면 되는 것입니다. 이런 하루가 모여 인생이 되면 그것으로 족합니다. 하루 속에 담겨 있는 그 지혜로 삽니다. 하루 속에 담겨 있는 그 행복이면 됩니다. 더는 아무것도 바라지 않습니다.

낡은 세상을 깨쳐 버리고 새로 나온 새 사람, 그것이 하루살이다. 하루를 사는 것뿐이다.

하루 속에는 삶도 없고 죽음도 없고 몸도 없고 마음도 없다. 다만 일체의 상대가 끊어져 버리고 하나의 절대가 빛날 뿐이다.

인생은 본래 하루살이다.

하루살이가 하늘살이요,
하늘살이가 하루살이입니다.

불인지병不仁之病

히말라야는 열다섯 명씩 네 개 조로 나뉘어 순차적으로 갔습니다. 내가 속한 조는 2조였는데, 나 외에 대양의 직원이 아닌 외부인이 두 명 더 있었습니다. 히말라야로 가기 몇 달 전부터 매주 한 차례씩 조별 산행 연습을 했던 터라 별 문제는 없었습니다. 우리 세 명과 회사 대표인 장로님은 다른 일행보다는 조금 뒤에서 느긋하게 걸어갔습니다. 그러다 보니 자연스럽게 많은 대화를 하게 되었습니다.

무신론자이신 이원상 선생은 줄곧 내게 이비드 밀의 『신은 없다』란 책을 내용으로 질문을 하셨습니다. 한상훈 장로는 카렌 암스트롱의 『신을 위한 변론』을 들이밀었습니다. 그리고 정세환 장로는 기업의 리더답게 신앙과 경영에 대한 철학을 들려주었습니다. 대화는 유익했습니다. 진정성을 담보한 대화가 늘 그렇듯이 말입니다. 그러나 뭐니 뭐니해도 정세환 장로의 신앙과 경영의 철학적 사유가 가장 으뜸이었습니다. 다음은 정 장로님과의 대화를 정리한 것입니다.

손발이 마비되어 감각을 잃는 병을 옛날에는 불인不仁이라고 했답니다. 불인이라는 말은 죽었다는 뜻입니다. 불인이 죽은 것이니 산 것은 인仁이 되는 셈이죠. 그래서 복숭아나 살구 씨를 심어서 싹이 트는 것을 도인桃仁, 행인杏仁이라고 하는 겁니다. 여기서 인仁은 단순히 '어질다', '착하다'는 형용보다 '살아서 움직이는 생명성'을 의미합니다.

한문에는 딱딱하게 굳은 것들을 생명이라 하지 않고 물건이라고 합니다. 물건을 셀 때의 단위 표현은 개個입니다. 개는 굳을 고固 앞에 사람 인人이 붙습니다. 문자 그대로 읽으면 딱딱하게 굳어 버린 사람이 바로 물건이라는 뜻입니다. 죽어 굳은 시체인거죠.

서구 문명에 익숙해진 오늘날, 개인이니 개성이니 개체니 하는 말들은 마치 지식인의 숙제요 사명처럼 되었습니다. 그러나 한자로 조명해 보면 개個라는 문자 뒤에는 이렇듯 살벌하고도 무서운 그림자가 숨어 있습니다. 한자가 빛을 잃은 오늘날에도 다른 사람을 칭할 때 한 개, 두 개… 한다면 화를 낼 것입니다. 우리에게 '개'는 매우 모욕적인 것입니다.

결국 인간을 개個로 생각하는 서구 문화와 인간을 인仁으로 파악하여 사람과 사람과의 관계를 중시하는 한자문화권에서는 같은 기업이나 산업이라고 해도 기본적인 차이가 있습니다. 미국 상품이 일본 상품에 밀린 이유도 기술이나 자본이 아니라 소비자를 생각하는 인간관계의 결여에 있습니다.

추잉검을 만들기는 미국이 만들었지만 그것을 세계에 가장 많이 판 나라는 일본이랍니다. 왜냐하면 일본 사람들은 껌을 씹는 소비자의 입장에서 의치에 달라붙지 않게 만들었다는 것이죠. 거기에서 서비스 정신이 나왔고, 그것이 현대화한 인仁이라 할 수 있습니다.

앞으로의 세대를 말한다면 '인인주의仁仁主義'가 보다 새로운 열쇠가 될 겁니다. 이윤을 추구하는 기업인이나 건설회사라고 해도 인간의 인연이나 그 인간관계를 중시하지 않을 수 없는 거죠. 이처럼 인간의 관계를 중요하게 여기는 '인인주의' 기업 경영은, 기독교 신앙의 주체인 하나님과 사람을 제일로 사랑하라는 원칙과도 부합하는 것입니다. 메주가 뜨고 김칫독의 김치가 익을 때를 기다릴 줄 알았던 민족문화 정신과도 상통한다고 할 수 있습니다.

현대 산업사회는 벽에 부딪혔습니다. 산업사회뿐만이 아닙니다. 정신도, 종교도 마찬가지입니다. 물질과 정신, 개인과 집단, 사람과 자연이 조화를 이루지 못하기 때문입니다. 이는 결국 개個와 인仁을 해석하는 정신으로부터 비롯된 것입니다. 그런 의미에서 정 장로님이 말하는 인인주의仁人主義는 신학적 통찰에도 유효하다는 생각입니다.

두 개의 욕망

　　　　　　　우리는 식욕과 성욕이 밀접하게 관련되어 있다는 것을 멀찍이 또는 가깝게 느껴 알고 있습니다. 식욕이 왕성하면 성욕이 넘치고, 식욕이 떨어지면 성욕도 부진한 것을 모르는 이가 있을까요?

　수탉이 암탉에게 구애를 할 때 먹이를 물어다 주는 행위. 남녀가 데이트를 할 때 남자 쪽에서 음식 값을 내려는 심리. 여성이 남성을 초대했을 때 손수 음식을 해주고 싶은 마음. 이같은 것들은 단순히 문화적인 것이 아닐 겁니다. 이런 현상들은 인간이 살아가는 동안 반복되는 두 가지 욕구와 깊은 연관이 있다는 것을 암시합니다.

　이제 우리의 눈을 범지구적인 차원으로 돌려봅시다. 바다와

육지는 온통 생물로 가득합니다. 이 모두가 성욕에 의한 것이지요. 또한 '생육하고 번성하고 충만하라'는 하나님의 축복과 명령에 따른 것입니다. 우리가 모두 성적인 존재로 창조되었음을 말해 줍니다. 남성과 여성이 서로에게 끌리는 야릇한 에너지를 섞는 것은 대담하게 치러야 할 성스러운 놀이를 의미합니다.

하나님은 짐승들의 먹이로 풀을, 인간들의 먹이로 채소와 과일나무를 주었습니다. 그 음식들을 고맙게 여기면서 식사 기도를 하는 것은 마땅한 일입니다. 그렇다면 성의 축복을 받은 존재로서 그 성에 대한 감사 기도를 하는 것은 어떨까요? 성에 대한 그런 경외감을 느껴야만 인간은 무지와 허위의 옷을 벗게 될지도 모릅니다.

성의 교섭은 종종 '먹는다'는 언어를 생각하게 만듭니다. 여성은 상대의 신체 일부를 품으려고 합니다. 반면 남성은 상대의 몸 전체를 안으려고 하지요. 이렇듯 품고 안는 것은 입안에 음식을 넣고 삼키려는 욕망과 일체합니다.

사마귀 중에는 암컷이 수컷의 성기를 품음과 동시에, 수컷의 머리부터 먹기 시작하는 종류가 있습니다. 그 수컷의 입장에서 보면 위로 아래로 먹히는 것이지요. 먹히는, 또는 먹는 비장한 사건이 일어나는 것입니다. 암컷 거미는 수백 마리의 새끼를 낳자마자 그들에 의해 완전히 뜯어 먹힙니다. 성의 교섭을 통한 자기희생이 따르는 것이지요.

이렇듯 수컷은 암컷에게 먹히고, 암컷은 자식에게 먹힘으로써 대를 이어 가는 것입니다. 물론 이런 사례가 예외적이긴 합니다만, 아무튼 지구 생태계는 약자가 강자에게 먹히는 잔혹한 먹이사슬만 있는 건 아닙니다. 남자가 성희의 파트너에게 먹히고, 어미는 또 그녀가 낳은 자식에게 먹히는 숭고한 사슬도 존재하는 것입니다.

신약 성서에 "내 살을 먹으라, 내 피를 먹으라" 하셨던 최후의 만찬도 인류를 향해 던지는 거룩한 먹이사슬 형태로 볼 수 있지 않겠습니까? 이런 유훈은 성의 교섭에 관해 어떤 암시를 주는 것일까요? 아마도 그것은 파트너에게 내 육체를 먹으라고 기꺼이 내어 주는 자세일 것 같다는 생각이 듭니다.

그러기에 고린도서에는 아내는 자기 몸이라고 제 마음대로 권리를 주장하지 못하고 남편이 하는 것이요, 또한 이와 마찬가지로 남편도 자기 몸이라고 제 마음대로 권리 주장하지 못하고 아내가 하는 것이라고 되어 있습니다. 내 몸을 상대방에게 음식으로 대접하는 심정이 성서에도 묻어나고 있지요. 이렇게 될 때 이른바 성性의 성례전聖禮典이 되지 않겠는가 하는 것입니다.

상대의 몸을 먹는다는 것은 '죽여 준다'는 은어와도 상통합니다. 그건 어떤 뉘앙스일까요? 절대 경지의 지경이 아닐까요. 혼자서는 어쩌지 못하는 에너지를 절정에 이르게 하므로 더 이상 미동도 하고 싶지 않고 기척을 내고 싶지도 않은, 그런 경지 말입니다.

이와 관련하여 성을 연구한 많은 심리학자들은 "상대를 죽여 주지 못하는 인간이 일상생활에서 다분히 폭력적인 말이나 글을 표출한다"고 합니다. 만족시켜 주지 못함으로 인해서 생기는 자기 불안이요, 자기혐오와 비슷한 감정이겠지요.

성이란 홀로 쟁취하는 것이 아닙니다. 하나님은 인간을 그렇게 창조하지 않았어요. 남녀가 만나 이루게끔 만드셨습니다. 그러니 남자와 여자가 만나야 할 것입니다. 거기에 다른 성이 끼어서는 안 되겠지요. 여타 동물이든 식물이든 인간과 인간 사이에 다른 무엇이 상관해서는 안 된다고 봅니다.

신이 만든 그 원리 그대로 가야 하겠지요. 그래야 가장 이상적인 성 생활이 이루어진다고 생각합니다. 인간이기에 불안이

따를 수는 있지만 그 불안도 서로에 대한 사랑으로 이겨야 한다고 봅니다. 그럴 때 정말 이상적인 성의 교합이 탄생한다고 생각합니다.

오래, 그리고 드물게

이삭은 가나안 주민들에게 누이라고 속인 아내를 애무하다가 남의 눈에 띕니다(창세기 26:8). 대낮에 벌인 성희에 해당하는 거죠. 그뿐만이 아닙니다. 아가서에 나오는 여인은 자기의 침실이 푸른 풀밭이라고 털어놓습니다(아가서 1:16). 함께 들로 나가자고 꼬이기도 하고요. 나무 숲속에서 밤을 보내자고도 청합니다(아가서 7:11). 산이나 들, 또는 밀밭이나 보리밭과 같은 자연 속에서 사랑을 즐기자는 말이지요. 아담과 하와도 동산 안에 집을 지었다는 언급이 없으니 숲 가운데서 사상 최초의 성사를 치렀을 것입니다.

아가서는 여인의 벌거벗은 몸을 밑에서 위로 훑어 가면서 애찬하고 있습니다. 샌들을 신은 그대의 발이 어찌 그리 예쁜가?

허벅지의 곡선은 장인 중의 장인이 만든 솜씨 같도다. 배꼽은 포도주가 찰랑거리는 둥근 잔이요. 허리는 호밀의 단 같구려. 유방은 한 쌍의 사슴, 쌍둥이 노루요. 목은 상아로 만든 탑. 눈은 연못. 코는 멀리 바라다보는 망대라. 머리는 가르멜 산처럼 우뚝하고, 늘어뜨린 머리는 공단처럼 검구려(아가서 7:1-5).

전라全裸의 여인이 샌들은 왜 신고 있을까요? 새 소리 때문에 산이 더욱 고요하듯이 거의 다 벗었음을 돋보이게 하려는 기법입니다. 남자의 육체를 묘사하는 부분에서도 보석 박힌 반지만을 손에 끼고 있어서 다 벗은 모습을 뇌리에 각인케 합니다(아가서 5:13-14).

이렇듯 한 남자와 한 여자의 육체를 구석구석 감상합니다. 자신의 창작물을 보니 참 좋았다고 선언한 창조주의 심미적 성향과 통하고 있는 겁니다. 끝부분에서는 남녀의 성애가 죽음처럼 강렬하며 타오르는 불길이라고 노래합니다(아가서 8:6). 아마도 서로를 주고자 하는 성례전에서 성적 에너지를 대담하게 불태워 죽음에 이르는 황홀을 체험했던 모양입니다.

그럼 자연 속에서 다른 동물들의 성의 세계를 염탐해 봅시다. 그들은 성을 어떻게 누릴까요? 물론 모든 동물들을 일반화할 수는 없습니다. 대개의 짐승은 1년 중 발정기에만 암수가 교접을 하지요. 드물게 한다고 볼 수 있는 거지요.

짐승들은 드물게 합니다. 여름밤의 반딧불이를 보면 암수의 무리들이 각기 다른 점멸 방식으로 신호를 보냅니다. 그러다가 풀밭에 내려앉아 한 쌍을 이루고 거의 두 시간 가량이나 가만히 있습니다. 시골 마을에서 흔히 볼 수 있는 멍멍이들의 교접도 장시간에 걸쳐 이루어지지요. 이들은 오래 하는 것입니다. 그러니 자연세계의 교접은 드물게, 길게 하는 것입니다.

이에 반해 기술 문명 속에 살아가는 절대 다수의 인간들은 자주 그리고 짧게 교섭을 한다고 봐도 틀리지 않을 겁니다. 아마도 이것은 대량생산과 인스턴트의 소비 양태를 반영하는 것일지도 모르죠. 우리는 지금 고대 유목시대와 농경시대와는 판이하게 다른 성적 암시를 받는 환경에 살고 있습니다. 그리고 자연에 노출되는 기회가 박탈된 채, 만성피로를 해갈시키는 찰나적 분출구로써 성적 에너지를 노출시키며 살고 있습니다.

뿐만 아니라 성의 영상을 과장시킨 상업적인 매체를 접하면서 자신들은 매우 불만스러운 것이라고 세뇌당하고 있습니다. 이렇듯 현대인은 성의 악순환에 걸려들어 있는 것입니다. 우리는 피곤하여 반쯤 졸린 상태로 성 교섭을 갖는 짐승이 없다는 사실에 유의해야 합니다. 신비스런 생물학적 에너지를 오로지 수면용 또는 스포츠용이나 스트레스 해소용으로만 쓴다면, 창조주가 내려다보면서 뭐라 하겠습니까?

이것은 마치 어느 저축은행 회장이 그의 집 지하실에 고이 모셔 뒀다던 수억 원짜리 스포츠카와 같은 꼴이 되는 겁니다. 아니면 그 값비싼 자동차를 돼지고기를 굽는 불판으로 사용하는 것과 같은 거죠. 성은 창조주 하나님이 주신 값비싼 선물과도 같습니다.

그러므로 성을 피로를 푸는 데만 쓰거나, 아무 의미도 뜻도 새기지 않고 심심풀이처럼 의당 했던 행위이기 때문에 하면 안 되겠습니다. 밤이 되었으니 그거라도 해야지, 해서 하는 허접한 행위가 아니라 호기심과 집중력과 정열을 장시간 쏟아 상쾌함을 얻는 놀이가 되어야 할 것입니다. 이것은 마치 이레 중 하루를 예배에 임하는 성숙한 영혼처럼, 절도와 고요와 정성을 기울여 충만감을 얻는 예식이라 할 수 있습니다.

따라서 우리는 현대 사회의 조급하고 경박한 성의 관습을 떨쳐 버리고, '오래'와 '드물게'를 결의해야 할 것입니다.

우체통이 빨간 이유

아름다운 산책은 우체국에 있었습니다

나에게서 그대에게로 편지는

사나흘을 혼자서 걸어가곤 했지요

그건 발효의 시간이었댔습니다

가는 편지와 받아 볼 편지는

우리들 사이에 푸른 강을 흐르게 했고요

그대가 가고 난 뒤 나는,

우리가 잃어버린 소중한 것 가운데 하나가

우체국이었음을 알았습니다

학곡리 364-2번지

우체통을 굳이 빨간색으로 칠한 까닭도
그때 알았습니다.
사람들에게 경고를 하기 위한 것이겠지요

　　　　　　　　　　　　- 이문재「푸른 곰팡이」

　　예배당과 주택 사이에 빨간 우체통 하나를 세웠습니다. 주일
아침에 견고하게 붙들어 매려고 넓적한 돌에 구멍을 뚫고 너트
로 고정을 시키고 있는데 누가 묻습니다.

　　"우리가 보낼 편지도 여기에 넣으면 되나요?"

　　그럼요. 일부러 우체국까지 가기 어려울까 봐 예배당에 우체
통을 설치하는 겁니다. 주일이나 수요일, 아니면 새벽에 기도하
러 올 때 편지를 가져오세요. 그리고 예배당 빨간 우체통에 넣으
세요. 우표 값은 내가 대신 내 드릴게요.

　　누구에게도 하지 못한 얘기들을 소중히 적어서 넣어 주세요.
그 얘기들은 펄펄 하늘을 날아갈 겁니다. 그래서 소원이 되어 내
려올 겁니다. 아주 풍성하게 당신을 적셔 줄 겁니다. 이제 걱정
하지 말고 이 우체통을 이용해 보세요. 빨간 우체통을. 고단한
당신의 삶을 넉넉하게 만들어 줄 거예요. 믿고 맡겨 보세요.

이문재 시인의 생각처럼 우리는 요즘 발효 안 된 날 생각과 날 행동으로 살고 있습니다. 그건 시인의 말마따나 발효의 시간 없이 살기 때문이지요. 발효의 시간이 필요합니다. 그 시간 동안 넉넉하게 곰삭을 필요가 있어요. 너무나 날것으로 살아온 삶이에요. 조금만 더 푹 익히고 삶아서 넉넉해질 필요가 있습니다. 당신도 나도.

하루의 삶을 보세요. 얼마나 내가 익었는지. 얼마나 참고 견디며 상대를 배려했는지. 내 생각만 내세우며 고집을 피우진 않았는지. 그냥 날것으로 상대에게 들이밀지는 않았는지. 가족도 친구도 예의가 필요한 삶입니다. 그 예의는 내가 좀 더 익어 갈때 가능해집니다. 자연스럽게 나오게 되는 거지요. 그러니 우체통에 넣을 편지를 쓰듯 그렇게 조근조근 삶을 살아갑시. 늘 우표를 붙이는 그 마음으로 말이지요.

우체통이 빨간 이유는 이렇게 사는 우리에게 보내는 경고입니다. 좀 더 푹 삶아져서 예의 있게 살라고요. 이제는 알겠지요? 우체통이 빨간 이유를요. 예배당에 빨간 우체통을 세워 둔 그 까닭을 말입니다.

이창동의 영화 〈시詩〉

영화 〈시〉는 윤정희라는 배우가 열연한 작품입니다. 프랑스의 칸 영화제에서 이러저러한 극찬을 받은 작품 중에 하나지요.

영화 속 여주인공은, 어느 날 자신의 머릿속에서 명사가 떠오르지 않는다는 걸 깨닫습니다. 이를테면 강아지, 태수, 숟가락, 밥, 돈, 명예 같은 단어들이 생각나지 않는 거였죠. 그 대신 부사와 형용사 그리고 동사만 그의 입에서 튀어나왔습니다. 밥 줘, 싫어, 누가 나를 때렸어, 같은 문장들입니다.

치매는 명사를 버리고 부사와 형용사 그리고 동사만을 기억하는 삶의 장치라고 합니다. 사람이 이 땅에 살 때는 명사를 가장 많이 쓰지요. 그리고 이 땅을 떠날 때가 되면 하나씩 둘씩 수

많은 이름씨들을 버리고 삶의 한 부분이 되었던 형용사, 부사, 동사들만 기억하게 된다고 합니다. 그러니 정작 우리는 가장 별볼 일 없는 이름만 나열하며 사는 셈이죠.

이 말은 역설적으로 명사의 삶을 사는 사람은 치매에 걸릴 확률이 높다는 뜻도 되겠습니다. 명사는 주로 잘난 사람들, 지식인의 소유지요. 못난 사람들, 못 배운 사람들의 말은 거칩니다. 거칠다는 형용사입니다.

명사만 쓰는 삶을 한번 상상해 보세요. 조금 낯설지 않은가요. '~니다'로 끝나는 문장이 아니라, '~음'이나 '~임'으로 끝나는 것들.

내 삶도 그러지 않을까요? 부드럽게 흘러가기보다 딱딱하게 굳어 버리는 느낌. 어디로 통하는 게 아니라 막혀 있는 느낌. 진행되고 있는 게 아니라 그냥 그 자리에 서 있는 느낌. 우리는 좀 더 형용사와 부사, 동사를 가까이해야 할 것입니다. 어떻게 보면, 인간은 원초적으로 이것에 더 가깝지 않겠습니까.

명사야 이웃하면 좋겠지요. 동사와 형용사, 부사와 다 어우러져서 아름답게. 두루두루. 삶이란 이렇듯 어쩌면 조직적으로 난해한 것입니다. 원하든 원하지 않든 내가 쓰는 단어들이 정해져 가듯 말입니다. 어떤 방향으로든 결정이 되지만 내가 할 수 있는 것은 없습니다.

가급적 치매에 걸리지 않으려면, 또 삶이 부유하려면, 명사는 삼가고 형용사와 동사 그리고 감탄사로 사는 게 좋습니다. 이창동의 영화는 이걸 암시합니다.

이런 의미에서 목사의 설교도, 이 땅의 사람들을 향한 하나님의 말씀도, 영화 〈시〉가 주는 의미와 같다고 할 수 있겠지요.

나는 고양이로소이다

　　　　　　　　　단박에 이 제목을 알만한 이들도
있을 터입니다. 나쓰메 소세키의 소설 제목이니까 말입니다. 책
몇 권 읽으며 한 주간을 지내야겠다는 생각이었는데 금세 읽었
습니다. 내친김에 소설책 두어 권을 뒤풀이 삼아 더 읽었죠. 그
중에 한 권이 바로 이 책입니다. 여기에 이런 대목이 나옵니다.

　　겉과 속이 다른 인간은 일기라도 써서 세상에 드러내
　　보일 수 없는 자신의 속내를 풀어놓아야겠지만, 우리 고
　　양이 족은 먹고 자고 싸는 생활 그 자체가 그대로 일기이
　　니, 굳이 그렇게 성가신 일을 해 가면서 자신의 진면목을
　　보존해야 할 것까지는 없다. 일기를 쓸 시간이 있으면 툇

마루에서 잠이나 즐길 일이다.

고양이를 애완동물로 기르는 이들이 있습니다. 사람이 예뻐해 주면 고양이도 제법 아양도 떨지요. 그러나 고양이는 인간을 복종해야 할 존재라고는 생각지 않습니다. 생사여탈권을 쥐고 있다고 생각지 않음으로 고양이는 언제든지 주인을 할퀼 수 있지요. 그리고 주인을 떠날 수도 있습니다. 고양이는 주인에게 종속되었다고 여기지 않습니다. 고양이는 잘해 주는 사람과도 동등하고 대등한 관계를 유지하고, 가급적 삶을 의존하지 않습니다. 이 예민한 차이를 고양이를 애완동물로 기르는 이들은 느껴 보셨는지요?

개는 고양이와 여러모로 다릅니다. 개에게 한번 주인은 영원한 주인입니다. 방금 얻어터지고도 온갖 아양을 떨지요. 심지어는 목조름을 당하고도 곧 주인에게로 와서 꼬리를 살살 흔들며 엎드립니다. 간혹 주인이 밥을 주지 않아도 미워하고 대들며 물지 않지요. 그저 기다립니다. 숙맥처럼! 아마 고양이라면 쿨 하게 주인을 떠났을 테지만 개로서는 불가능한 일이지요. 어느 개가 주인을 버리고 집을 떠난 적이 있단 말인가요?

이겁니다. 세상 모든 존재와 대등한 관계를 맺으며 살려는 것. 이것이 고양이의 도道입니다. 반면 세계를 일종의 위계 관계로 설정하고 그 무엇에게든지 복종하여 구부렁대고 꼬리를 살살 흔들며 살려는 것. 그게 개의 도道입니다.

예수가 우리에게 묻는다고 합시다.

"고양이처럼 살래? 개처럼 살래?"

나는 아주 오래전에 고양이 소리를 내며 고양이처럼 살기로 마음을 먹었습니다. 그리고 마침내 고양이로 쿨 하게 살다가 죽는 것이 내 마지막 소원입니다. 이런 생존의 결기를 다시 한 번 북돋워 준 책이 『나는 고양이로소이다』이었죠.

연탄의 노래

사람이 '사람이 된다'는 것은 마치 꺼진 연탄을 살리는 일만큼이나 힘듭니다. 가르쳐서 될 거 같지만 가르쳐서 되는 것도 아니지요. 고생을 하면 될 거 같지만 고생을 한다고 다 사람이 되지도 않습니다. 철이 들어야 합니다.

사람을 만나 철이 들든지, 자연에 부딪혀 철이 들든지, 하나님을 만나 철이 들든지 해야 합니다. 그렇다면 철이 들면 뭐가 달라지나요? 철이 들면 인생에 독기가 빠지고, 아무런 악의가 없는 불덩어리가 됩니다. 그런 불덩어리라야 진리를 간직하게 되지요. 진정한 생명을 얻어 남을 위해 자기를 바치는 하나의 인간이 되는 것입니다. 인생에 불이 붙어 타기 전에는 좀처럼 독기는 빠지지 않습니다.

철이 들지 않은 인간은 불이 붙지 않은 연탄이거나, 타다가 꺼진 연탄과도 같습니다. 꺼진 연탄은 종이를 태워도 다시 살아나지 않습니다. 장작을 때면 불이 붙을까요? 결국 숯을 피워 놓아야 불이 붙기 시작합니다. 한참 동안은 샛노란 연기가 뿜어져 나오고 그러기를 마쳐야 불길이 입니다. 그렇게 한번 불이 붙으면 무서운 열기를 내어 뿜지요. 그렇게 자기를 태우다가 저녁 때가 되면 흰 재로 변합니다.

철이 들지 않은 인간은 불이 붙지 않은 시커먼 연탄이에요. 철들면 인간이요, 철들지 않으면 짐승과 다를 게 없습니다. 목사로 산다는 거, 철든 인간을 바라며 사는 것입니다. 이리저리 삶과 진리의 벽에 부딪혀 철이 들기를 기다리는 삶이죠. 그러나 철든 인생을 보기란 하늘의 별 따기만큼이나 어렵습니다.

우리는 늘 말합니다. 철없는 놈아. 누군가는 철이 들지 않기를 원한다고도 합니다. 자신의 삶에 만족한다고. 굳이 뭐 철까지 들어야 하냐고. 하지만 우리는 혼자 살지 않습니다. 같이 살아갑니다. 그러기에 철이 필요합니다. 조금 더 배려하고 생각해 주고 품어 주는. 철이란 말 그대로 철입니다. 몸에 철이 필요하듯 삶에도 철이 필요하지요. 아주 중요하게 말입니다.

철이 들어 인생을 진지하게 살아가는 사람은 상대에게 행복을 줍니다. 삶이란 게 살 만한 것이구나, 생각하게 해줍니다. '나도 저 사람처럼 살고 싶다'고 만들어 줍니다. 그게 인생입니다. 상대를 보고 '저렇게 살고 싶다', 그렇게 만들어 주는 것. 그것만큼 아름다운 게 있을까요.

누군가를 보고 그런 생각이 들면 저절로 미소가 지어집니다. 우리 서로에게 철든 사람이 되어주자고요.

여기저기 검은 흙덩이가, 타다 꺼진 연탄들이 성탄을 노래하는 12월입니다. 불붙지 못했거나 타다 꺼진 독기 서린 연탄들이 성탄을 노래하고 있습니다. 그들도 이제 제대로 한번 붙어 보고 싶은 거지요. 더 이상 꺼진 연탄으로 남고 싶지 않은 거지요. 활활 타올라 누군가에게 따뜻한 위로가 되어주고 싶은 겁니다.

서로에게 활활 타오르는 연탄이 되어주자고요. 춥고 시린 마음을 품어 줍시다. 그래서 살 만한 세상으로 만들어 멋지게 살아보자고요. 연탄이 성탄을 노래하기 위해 타올라 봅시다.

창밖의 까치 소리

'파토스'라는 말이 있습니다. 감성에 호소한다는 뜻이죠. 반면 '로고스'라는 단어는 이성적인 접근의 경우에 쓰이는 말입니다. 요즘 『철학의 눈이 미술이다』라는 책을 읽으면서 이 대극적 의미의 단어들로 조합된 길을 가느라 짜디짠 나날을 보내고 있습니다.

미술은 사실 로고스적이지 않습니다. 미술은 그대로 파토스입니다. 그런데 그걸 눈, 즉 로고스의 장치로 읽어야 한다는 건, 감성을 이성으로 들여다보라는 말이 되겠지요. 물론 이쯤이면 미술은 그림이 아니라 철학이 되겠지만요.

대체적으로 눈의 문화는 이성적이고 논리적이며 능동적이죠. 반대로 파토스의 기능을 지닌 귀는 정적이고 감성적이며 직

감적이고 수동적입니다.

그러면 우리나라의 그림은 시각적인 예술일까요, 아니면 청각적인 예술일까요? 눈으로 보는 예술이 미술인데 그걸 귀로 듣는 예술에 넣다니! 그러나 가만히 우리네 그림을 들여다보면 색채나 형태감보다는 저 거문고 소리 같은 귀의 리듬, 즉 선이 발달해 있는 것을 알 수 있지 않습니까?

눈은 매몰찹니다. 보고 싶은 것을 보니까요. 보고 싶지 않으면 눈을 닫으면 그만입니다. 보려는 의지가 없으면 그것으로 끝입니다. 그래서 이별의 언어가 "나 이제 너 안 봐!"입니다. 그러면 모든 게 끝납니다. 귀는 그러지 못합니다. 귀는 모든 것을 그냥 받아들여야 합니다. 이 수동성이 영혼을 정화하고 감정의 깊이를 닦아 슬기를 낳는 겁니다.

우리의 미술, 음악, 종교나 삶은 파토스입니다. 눈이 아니라 귀의 철학입니다. 사랑도 눈으로 열고 닫지 않고 귀에 걸어 무한 승화를 희망합니다. 피리 소리에 호랑이도 춤을 춰야 하고, 도둑놈도 남의 집 담을 넘다가 달빛에 취해 잠이 듭니다. 지구에서 가장 가깝다고 해봐야 4.3광년이나 멀리 있는 별을 보면서 "저 별은 너의 별~ 저 별은 나의 별~" 하고 기막힌 파토스의 노래를 불렀습니다.

그러니 철학의 눈이 미술이 아닙니다. 귀의 철학이 미술이요, 음악이며, 종교요, 삶입니다. 예수도 말합니다.

"진리도 들음(귀)에서 얻느니라."

들음으로 우리는 우리를 엽니다. 보아서가 아니라 들음으로. 보는 것은 그대로 끝이 날 수 있습니다. 하지만 들음으로 우리는 움직이게 됩니다. 파토스는 좀 더 움직이는 것을 말합니다. 마음이 움직이든, 몸이 움직이든. 우리는 이것을 통해 감정이 움직입니다. 그러면 생각이 움직이고 인생이 움직여지지요. 진리를 들음으로 행할 수 있는 것이지요. 보아서가 아니라 들음으로 실천을 할 수가 있는 것입니다.

창밖의 저 까치 소리 또한 파토스가 아닐런지요.

내 몸이 신세 진 것들

버들치는 버드나무 그늘을 좋아한
대서 붙여진 민물고기 이름입니다. 그러나 이제는 맑은 물이 없
어서 잘 볼 수가 없습니다. 어렸을 적만 해도 버들치는 희귀보호
종이 아니었죠. 버들치는 동네 형이나 삼촌들이 모래밭에 솥을
걸고 끓일 매운탕거리로 제일 흔하고 만만하던 물고기였습니다.

냇버들의 뿌리 근처에서 연한 황색 몸을 살랑거리며 물속에
든 햇살을 희롱하고 있는 버들치들을 흔하게 보았습니다. 그런
버들치들을 갖은 양념을 넣고 끓였죠. 라면 사리를 넣었던가요?
어죽같이 풀어진 매운탕을 맵다고 하면서도 입바람을 불어 가며
한 사발씩 맛있게 먹었습니다.

하늘을 나는 날개의 힘은 물살을 헤엄쳐 나가는 지느러미의

힘과 다르지 않습니다. 새의 몸속엔 풀씨와 풀벌레만 있는 게 아니라 물속의 유효한 수천의 플랑크톤이 물벼룩처럼 튀고 있지요.

찬 이슬이 풀잎에 내리기 시작하면 고기들의 비늘이 조금씩 두꺼워집니다. 겨울을 예감하는 새들도 미리 동물성 지방을 많이 섭취하거나 필요에 따라 먹잇감을 저들만 아는 장소에 숨겨 두지요. 다람쥐들은 볼우물이 터져 나가도록 입 안 가득 도토리와 밤 같은 견과류를 물어 날라 제 둥지 창고에 쌓아 두기 시작합니다.

어렸을 적 나는 여름철에는 버들치 매운탕을 끓여 먹었고, 겨울철에는 수십 마리의 참새와 박새를 구워 먹으며 출출한 유년을 지탱했습니다. 어쩌면 나 때문에 물고기는 오래 살지 못하고 죽었을 것입니다. 내게 잡히지 않았다면 새들은 털이 뽑히고 날개가 꺾이는 일을 당하지 않았을 거예요. 그랬다면 새들은 여전히 하늘을 신나게 날아다니다가 새끼를 치며 좀 더 여유 있게 살다 죽었을 것입니다.

내 몸속에 저들이 들어오지 않았다면, 아마도 저들은 좀 더 평화롭게 살았을 수도 있었습니다. 그러나 이제 더는 버들치가 내 몸을 살찌우는 일은 없을 겁니다. 생명을 부여받고 태어난 것들은 혼자 살아내지 못합니다. 한 생명이 다른 생명을 위해 죽고, 그 말 없는 죽음을 통해 또 다른 무엇이 삶을 이어가지요. 이 순환은 목숨을 가진 것들의 어쩔 수 없는 숙명인가 봅니다.

그 버들치로 인해 유년의 몸이 된 내가 다시 다른 몸의 신세를 지며 신장 이식을 합니다. 딸을 앞세워 이식 준비를 위해 병원을 드나들면서, 절실하게 내 몸이 신세 진 것들에 대한 생각이 뼛속을 파고듭니다. 엊그제 마지막 절차를 다 마치고, 사회사업과 원목실을 거쳐 간병인 조합에 들렀습니다.

"입원해 있는 동안 간병인이 필요해서 들렀습니다."

"누가 입원하시는데요?"

"접니다."

"아픈 분 같지 않으신데요."

"예. 겉보기엔 그렇습니다만 콩팥이 고장 나서 딸애의 신장을 떼 붙이려고 합니다."

"제가 이곳에서 20여 년 간병인을 했지만 선생님 같은 환자는 처음입니다. 아직도 야생의 힘이 있는 분 같은데요."

"아, 야생의 힘!"

이때 어린 시절 강가에서 잡았던 버들치 생각이 났습니다. 그 버들치로 끓였던 매운탕 국물이 떠올랐어요. 그때 알았습니다. 내가 버들치에게서부터 신세를 지기 시작해서 무수한 다른 몸의 신세 속에서 오늘을 산다는 것을 말입니다. 그리고 다시 신세의 길에 나서는 것이지요. 이 기회에 그동안 내 몸이 신세 진 다른 몸들과, 이제는 내 몸이 된 모든 신세들에게 무력한 사랑의 인사를 올립니다.

입원 기간이 3주일이므로 나는 세 권의 읽을 책을 지니고 길을 떠납니다. 김별아의 장편소설 『영영이별 영이별』, 서은국의 『행복의 기원』, 박노해의 『다른 길』. 박노해의 책 『다른 길』의 서문에 이런 내용이 있습니다.

나는 실패투성이 인간이고 앞으로도 패배할 수밖에 없는 운명이겠지만, 내가 정의하는 실패는 단 하나다.
인생에서 진정한 나를 찾아 살지 못하는 것!
진정으로 나를 살지 못했다는 두려움에 비하면 죽음의 두려움조차 아무것도 아니다.

나는 이제 길을 떠납니다.

길은 길을 찾아 나선 자에게만 나를 향해 마주 걸어옵니다.

학곡리 364-2번지

1쇄 발행 2024년 7월 8일

지은이 허태수

펴낸이 김제구
펴낸곳 호메로스
출판등록 제2002-000447호
주소 04029 서울시 마포구 잔다리로 77 대창빌딩 402호
전화 02-332-4037   팩스 02-332-4031
이메일 ries0730@naver.com

값은 뒤표지에 있습니다.
ISBN 979-11-90741-42-2 (03810)

호메로스는 리즈앤북의 브랜드입니다.

이 책에 대한 무단 전재 및 복제를 금합니다.
파본은 구입하신 서점에서 교환해 드립니다.